光文社文庫

文庫書下ろし／長編時代小説

継承

鬼役 三十三

坂岡 真

光 文 社

この作品は光文社文庫のために書下ろされました。

目次

※巻末に鬼役メモあります

幕府の職制組織における鬼役の位置

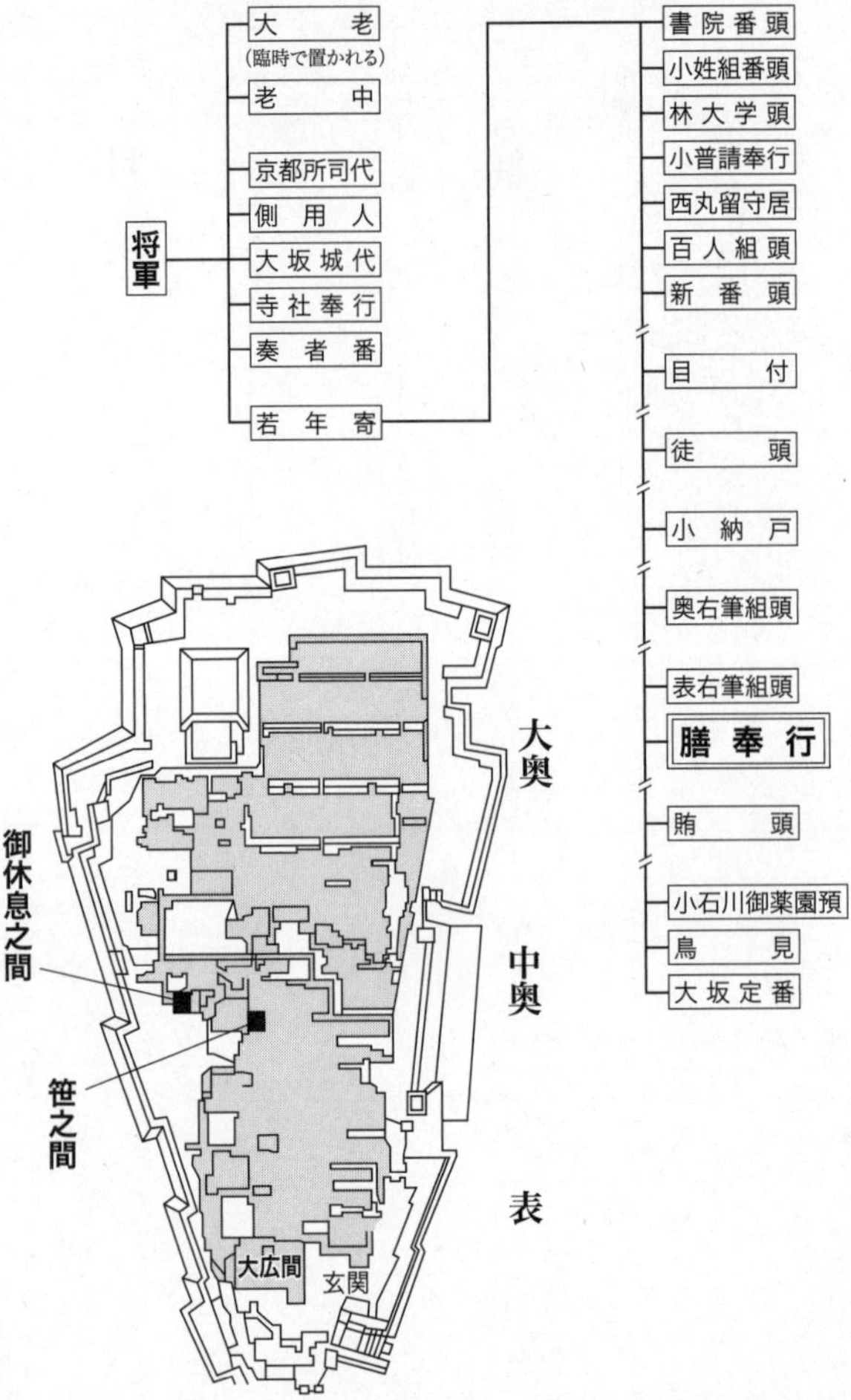

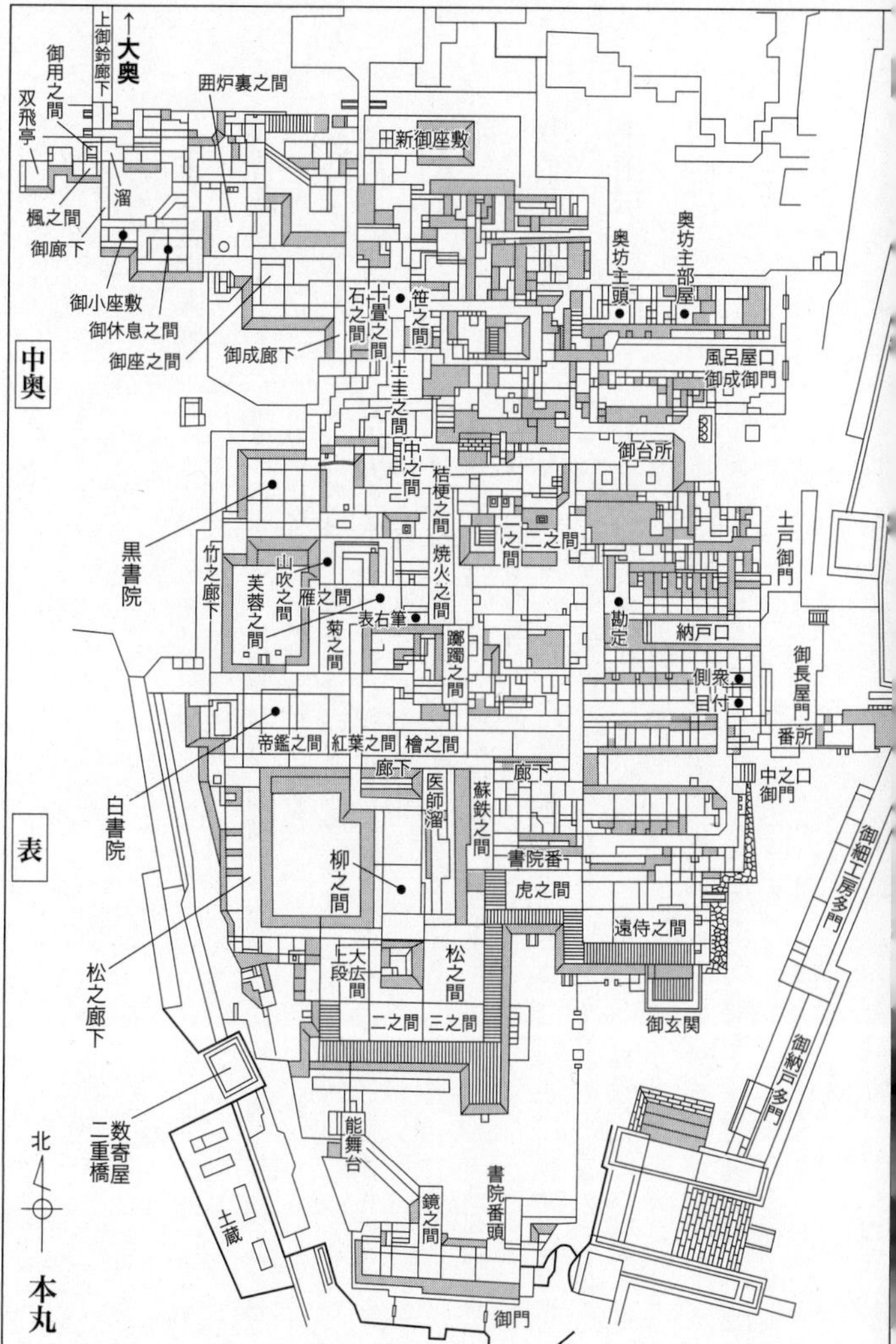

大奥
上御鈴廊下
御用之間
双飛亭
囲炉裏之間
新御座敷
溜
楓之間
御廊下
御小座敷
御休息之間
御座之間
御成廊下
石之間
十畳之間
笹之間
奥坊主頭
奥坊主部屋
風呂屋口御成御門
中奥
土圭之間
中之間
御台所
桔梗之間
一之間
二之間
黒書院
竹之廊下
山吹之間
芙蓉之間
雁之間
菊之間
表右筆
焼火之間
躑躅之間
勘定
納戸口
土戸御門
御長屋門
側衆
目付
番所
帝鑑之間
紅葉之間
檜之間
廊下
医師溜
蘇鉄之間
廊下
中之口御門
白書院
表
柳之間
書院番
虎之間
御細工房多門
遠侍之間
松之廊下
上段
大広間
松之間
二之間
三之間
御玄関
御納戸多門
数寄屋二重橋
北
能舞台
土蔵
書院番頭
鏡之間
本丸
御門

主な登場人物

矢背蔵人介……将軍の毒味役である御膳奉行。御役の一方で田宮流抜刀術の達人として幕臣の不正を断つ暗殺役を務めてきた。

志乃……蔵人介の養母。薙刀の達人でもある。洛北・八瀬の出身。

幸恵……蔵人介の妻。御徒目付の綾辻家から嫁いできた。蔵人介との間に鐵太郎をもうける。弓の達人でもある。

鐵太郎……蔵人介の息子。蘭方医になるべく、大坂で修業中。

卯三郎……御納戸払方を務めていた卯木卯左衛門の三男坊。わけあって天涯孤独の身となり、矢背家の養子となる。

串部六郎太……矢背家の用人。悪党どもの臑を刈る柳剛流の達人。長久保加賀守の元家来だったが、悪逆な遣り口に嫌気し、蔵人介に忠誠を誓い、矢背家の用人に。

土田伝右衛門……公方の尿筒持ち役を務める公人朝夕人。その一方、裏の役目では公方を守る最後の砦。武芸百般に通じている。

如心尼……元大奥の上臈御年寄。将軍家慶の御台所・喬子女王の薨去に伴い落飾して桜田御用屋敷に移る。密命を下してきた橘右近の後顧を家慶に託された。

鬼役 三十二

継承

老驥庵《ろうきあん》の客

一

天保《てんぽう》十四年、神無月《かんなづき》四日。

初亥《はつのい》は炬燵《こたつ》開きの日だけあって、千代田《ちよだ》城の城内もずいぶん冷える。

矢背《やせ》蔵人介《くらんどのすけ》は中奥《なかおく》の笹之間《ささのま》に端然と座り、夕餉《ゆうげ》の毒味御用に勤《いそ》しんでいた。切れ長の眸子《まなこ》に薄い唇、鼻筋の通った端整な面立《おもだ》ちは初見の者には酷薄そうにみえるかもしれない。それでも、毒味の所作《しょさ》に触れるやいなや、たちどころに魅了されるはずだった。

一ノ膳には漆塗りの椀や七宝《しっぽう》焼きの平皿が並んでいる。

蔵人介は左手に持った椀から音を起《た》てずに汁を呑み、椀種の擂《す》り身《み》魚を自前の杉箸で摘まむ。身を少しだけ舌に置けば、毒の有無はたちどころにわかった。味噌は辛口の仙台《せんだい》味噌、濃厚な旨味《うまみ》を感じさせる赤味噌だが、色合いからして薄めにつくってある。

もちろん、旨味や汁の濃さはどうでもよい。「鬼役」と呼ばれる御膳奉行の心掛けるべき大事はただひとつ、公方家慶《くぼういえよし》に供されるすべての料理に毒が混入しておらぬかどうかを探ることだ。

家慶は「蟒蛇《うわばみ》公方」と綽名《あだな》されるほどの大酒呑みゆえ、晩酌用の御酒も毒味する。盃に注がれた御酒の香りを嗅いだだけで、産地と銘柄はすぐにわかった。

今宵は灘《なだ》の下り酒、家慶の好む生一本《きいっぽん》にちがいない。

備後鞆《びんごとも》の浦《うら》産の保命酒《ほうめいしゅ》も供されている。焼酎に地黄《じおう》や当帰《とうき》など十三種の生薬を入れた薬酒で、このほど当主の伊勢守正弘《いせのかみまさひろ》が老中に昇進を果たした福山《ふくやま》藩阿部《あべ》家から献上されたものだ。

御膳に不浄な息が掛からぬようにとの配慮から、蔵人介は鼻と口を懐紙《かいし》で隠した。酒肴《しゅこう》の小鉢には肥後《ひご》産の鱲子《からすみ》や尾張《おわり》産のこのわた、島津《しまづ》家から献上の燕巣《えんす》なども見受けられる。家慶がもっとも好む酒肴は酢海鼠《くちこ》で、蔵人介は箸先で突っついたぶんだけ舌に載せた。

役目に不慣れな者ならば、酢漬けの酸っぱさに顔を顰《しか》めるところだ。蔵人介は表情ひとつ変えず、平皿に載った丹後鰤《たんごぶり》の刺身をひと切れ咀嚼《そしゃく》し、それとは別に小皿の蓼酢《たです》を嘗《な》める。さらに、向付《むこうづけ》の鴨《かも》肉煮に箸をつけ、付合《つけあ》わせの松露《しょうろ》を欠片《かけら》ほど口に入れたあと、置合《おきあ》わせに供せられた定番の蒲鉾《かまぼこ》と玉子焼を食し、ようやく箸を置いた。

対座する相番《あいばん》の片平源悟《かたひらげんご》が、ほうっと感嘆の溜息《ためいき》を漏らす。美しい所作と流れるような箸使いに舌を巻いているのだ。もちろん、毒味御用はこれで終わったわけではない。間髪《かんはつ》を容《い》れず、家慶に供する二ノ膳が運ばれてくる。吸い物の蓋《ふた》を取れば海月《くらげ》と大豆が浮かんでおり、一見して雁《かり》の羹《あつもの》であることがわかった。

大きめの平皿で出されたのは「両様《りょうよう》」と呼ばれる鱚《きす》の塩焼きと付け焼き、毒の溜まりやすい鰓《えら》の内側に箸先を入れ、誰も気づかぬほどの断片を掬《すく》う。髪の毛は言うにおよばず、睫毛《まつげ》一本でも落ちたら叱責《しっせき》どころでは済まされぬため、蔵人介は瞬《まばた》きをいっさいしない。いや、そうみえるだけのことであろう。相番の片平が瞬きをするあいだに、両様の毒味は終わっていた。

納戸方《なんどかた》の手で二ノ膳が奥へさげられると、阿吽《あうん》の呼吸で尾頭《おかしら》付が運ばれてくる。

祝いの御膳に供されるのは、目の下三尺はあろうかという真鯛《まだい》であった。焦がさぬように化粧塩のなされた尾が反りかえっている。蔵人介は箸を器用に使って丹念に小骨を取り、鯛の原形を保ったまま適度に身をほぐしていく。その仕種《しぐさ》は武芸者の演じる見事な太刀捌《たちさば》きにも似ており、相番になった者は例外なく眸子《まなこ》を釘付けにされた。

頭、尾、鰭《ひれ》の形状を変えずに鯛の骨を抜きとることは、誰の目からみても熟練を要する至難の業《わざ》だ。ところが、蔵人介は何食わぬ顔で淡々と骨取りをやり終えてしまう。

至近で眺める片平にすれば、手妻《てづま》でもみせられているような気分だろう。

一方、蔵人介の胸の裡《うち》を覗《のぞ》いてみれば、あきらかに常とは異なっていた。

これが最後の毒味になるかもしれぬ。

そんなふうにおもえば、冷静ではいられなくなる。無理もあるまい。二十四で前将軍家斉《いえなり》への目見得《めみえ》を済ませて以来、三十有余年ものあいだ毒味御用一筋でやってきたのだ。

文字どおり命懸けで取り組んできた役目を、養子の卯三郎《うさぶろう》に引き継がねばならなかった。すでに目見得の段取りも済ませてあり、新米の膳奉行として出仕する日も近づいている。

本心を言えば、就かせたくない役目ではあった。役料はたったの二百俵《ぴょう》。公式行事では布衣《ほい》も赦《ゆる》されぬ小役人同然の旗本《はたもと》役にもかかわらず、出仕の折はいつも首を抱いて帰宅する覚悟を決めねばならぬ。

蔵人介はかつてこの笹之間で烏頭《うず》毒を啖《くら》い、死にかけたことがあった。毒を啖わずとも、取り損ねた魚の小骨が公方の咽喉《のど》に刺さっただけで手討ちになるかもしれず、小骨ひとつたりともおろそかにできぬ神経の磨《す》りへる役目なのだ。

されど、今は心を鬼にして、卯三郎を死地へ導かねばなるまい。代々つづいた家業を守りぬくことこそが、武家に求められる責務だからである。

「いったい、どれほどの修行を積めば、矢背さまの域に達することができるのでござろうか」

片平が身を乗りだすように尋ねてくる。

懐中に忍ばせた丸薬は、和中散《わちゅうさん》という草津《くさつ》名物の腹薬であろう。匂いですぐにそれとわかる。めずらしくもない代物《しろもの》だが、常備している侍は少ない。

御三卿《ごさんきょう》一橋《ひとつばし》家の毒味役を長年つとめてきた人物だけに、腰掛けの毒味役とはくらべものにならぬほどの所作をわきまえている。小うるさい小納戸頭取《こなんどとうどり》ですらも一目置いていた。そうした信頼のおける片平をもってしても、蔵人介の佇《たたず》まいは想像を超えたものなのだろう。

「毒味役は毒を啖《くろ》うてこそのお役目。河豚《ふぐ》毒に毒草に毒茸《きのこ》、なんでもござれ。死なば本望《ほんもう》と心得よ……矢背さまが御先代から受け継がれたというそのおことば、それがしの座右《ざゆう》の銘《めい》にしてもよろしゅうござるか」

「いっこうにかまわぬが」

蔵人介は抑揚《よくよう》もなく応じ、細川《ほそかわ》家から献上された蜜柑《みかん》をひと房口にふくむ。甘い汁で喉を潤し、仕上げに冷めた茶を流しこんだ。

なるほど、毒を啖って死なば本望とでも考えねば、毒味役などはつとまらぬ。親しげに喋《しやべ》りかける相番にしても、対座する毒味役に落ち度があれば、躊躇《ためら》わずにその場で介錯《かいしやく》いたすべしと定められていた。

「あと四半刻《しはんとき》」

暮れ六つ（午後六時）には、大手《おおて》、内桜田《うちさくらだ》などの御門に篝火《かがりび》が焚《た》かれ、色とりどりの狩衣《かりぎぬ》や大紋《だいもん》を纏《まと》った諸大名が登城してくる。

日暮れからの総登城は一年のうちでもこの日だけだが、家門繁栄を願う玄猪《げんちょ》の祝いは月次《つきなみ》御礼登城の目見得に準ずるものとされていた。公方家慶は黒書院《くろしょいん》から竹之《たけの》廊下《ろうか》を通って白書院《しろ》へまわり、殿席に応じて平伏《ひれふ》す三百からの諸大名に目見得を許す。その際、諸大名には七種の粉、すなわち、大豆、小豆《あずき》、大角豆《ささげ》、胡麻、栗、柿、糖《あめ》を混ぜあわせて練った牡丹餅《ぼたもち》がふるまわれるのだ。

御役目も無事に済んだので、蔵人介は片平をひとり残して笹之間から抜けだした。厠《かわや》へ行くのかとおもえば、御膳所の脇を通って御台所口から外へ向かい、御納戸口も通って玄関脇の物陰に身を隠す。

気晴らしに足を運んだのは、入城してくる大名たちを見物するためだった。中雀門《ちゅうじゃく》の両端に焚かれた篝火を眺めていると、侍烏帽子《さむらいえぼし》を付けた大名たちが供も連れずに門を潜ってくる。刀番に大刀を預けてあるため、腰まわりは軽そうだ。次第に周囲が薄暗くなるにつれて、大名たちは檜《ひのき》舞台へ登場する能《のう》役者と化していく。

物陰にいつまでも隠れているわけにもいかず、蔵人介は来た道を戻りはじめた。するとゆく手に、影のように佇む者が待ちかまえている。

「矢背さま」

名を呼ばれてぎくりとしたのは、直前まで相手の気配に気づかなかったからだ。

「誰だ」

「はっ、土田伝蔵《つちだでんぞう》と申しまする」

「土田……もしや、公人朝夕人《くにんちょうじゃくにん》の」

「いかにも、伝右衛門《でんえもん》の子にございまする」

「ほう、知らなんだな、伝右衛門に成人した子があったとは」

「矢背さまや卯三郎さまと同様、土田家の養子にございます」

公人朝夕人の土田伝右衛門は今ごろ家慶のそばに侍《はべ》り、裾の隙間《すきま》から尿筒《しとづつ》をあてがっているのかもしれぬ。表《おもて》の御用で手が離せぬゆえ、伝蔵と名乗る養子を寄こしたのだろう。

「ご安心を。裏のお役目は存じておりますゆえ」

「ほう、裏のお役目とな」

「おとぼけになられますな。鬼役には表と裏のお顔がござる。矢背さまは幕臣《ばくしん》随一の遣《つか》い手《て》にして、奸臣成敗《かんしんせいばい》の密命を帯びるお立場であられましょう」

なるほど、以前はそうであったかもしれぬ。ただし、一昨年の長月《ながつき》二十三日、小《こ》姓組番頭《しょうぐみばんがしら》の橘右近《たちばなうこん》が水野越前守忠邦《みずのえちぜんのかみただくに》の意向に抗《あらが》って切腹して以来、事情は変わった。全幅の信頼を捧げていた上役の死が心に深く影を落とし、鬼役の立ち位置を不安定なものにしつつある。

それが証拠に、橘に替わって公方の御墨付《おすみつ》きを与えられた如心尼《じょしんに》には、心を許していたわけではない。それは橘を敬慕していた伝右衛門とて同じことであろうが、少なくとも本人の口から恨み言や弱音を聞いたことはなかった。

「伝右衛門の言伝《ことづて》とは何だ」

「今宵子《ね》ノ刻（午前零時）、楓《かえで》之間裏の御用《ごよう》之間へお越し願いたいとのこと」

「御用之間だと」

蔵人介がわざとらしく溜息を吐《つ》いても、伝蔵は淀《よど》みなく応じてみせる。

「歴代の将軍がおひとりでお籠《こ》もりになった御部屋と聞いております。以前は橘さまがお控えになり、数々の密命を下された御部屋でもあったとか。それがしのごときは足を踏み入れることも許されておりませぬ。無論、今宵はどなたがお待ちなのかも、どのような密命が下されるのかも、存じよりのないことにござります。ただ、矢背さまに下城せぬようにお伝えせよと、養父《ちち》から言付かってまいりました」

「ふむ、とりあえずはわかった」

「とりあえずと仰るのは、参じるかどうかわからぬという意味にござりましょうか」

「察しがよいな。わしは瀕死の橘さまに請われ、内桜田御門前にて介錯をおこなった。あのとき、為《な》すべき隠密御用以外は二度と請《う》けまいと心に決めたのだ。たとい、桜田御用屋敷の如心尼さまから命じられても、納得のいかぬ御命は拒むことにしておる。ましてや、ほかのどなたかの御命など聞くつもりはない」

「参じていただけぬとあらば、養父の面目が立ちませぬ。何卒《なにとぞ》、ご再考のほどを。このとおり、お願い申しあげまする」

伝蔵は深々と頭をさげ、煙のようにふっと消えた。

暗がりで面相は判然とせぬが、体術の修行を積んでいることはあきらかだ。

公人朝夕人は武芸百般《ひゃっぱん》に通暁《つうぎょう》し、公方の身を守る最後の盾とならねばならぬ。

伝右衛門がみずからの後を継ぐ者として、秘かに修行させていたのであろう。

もちろん、伝右衛門とは数々の修羅場《しゅらば》を潜ってきた仲でもある。

「さすがに、顔は潰《つぶ》せぬか」

蔵人介は口をへの字に曲げ、薄暗い御台所口から城内へ戻っていった。

二

真夜中、蔵人介は控え部屋から抜けだした。

楓之間は中奥の西端にある。東寄りに位置する御膳奉行の控え部屋からは遠く、公方家慶が老中らの言上を受ける御座《ござ》之間や寝所の御休息《ごきゅうそく》之間、さらには、昼餉《ひるげ》をとる御小座敷《おこざしき》などの脇を擦り抜けていかねばならない。

灯《あか》りは使えぬため、暗闇を手探りで進む。もっとも、蔵人介は夜目《よめ》が利《き》くので、板壁や襖《ふすま》にぶつかる恐れはない。それでも、見廻りの小姓《こしょう》や御庭番《おにわばん》の目を盗まねばならず、気配を殺して廊下の奥へ向かうのは容易ではなかった。

耳を澄ませても、御休息之間から寝息は聞こえてこない。家慶はおそらく、大奥《おおおく》へ渡ったのであろう。

見廻りの気配を探りつつ、御小座敷の脇から抜き足差し足で御渡《おわたり》廊下を進む。

廊下を左手に曲がった奥は茶室の双飛亭《そうひてい》、まっすぐ抜ければ上御錠口《かみのおじょうぐち》、行く手を阻《はば》む銅《あかがね》壁の向こうは大奥である。めざす楓之間は双飛亭の手前。久方ぶりにやってきたせいか、心《しん》ノ臓《ぞう》がどくんどくんと脈打ちはじめた。

そっと襖を開け、鰻《うなぎ》のようにするりと侵入する。

楓之間は漆黒《しっこく》の闇でしかなく、橘に呼ばれたときの感覚が蘇《よみがえ》ってきた。

だが、壁の向こうで待っているのは、橘の幽霊ではなかろう。

よしと顎《あご》を引き、床の間の手前まで近づいた。

軸の脇には紐がさがっており、触れようとした手が震えてくる。

誰であろうと密命は拒むつもりだが、拒めぬ予感もあった。

緊張で手が震えるのは、揺らぐ心持ちのせいだろう。

ええい、ままよ。

胸の裡《うち》に唱え、紐を引いた。

――ぐわん。

芝居仕掛けの龕灯《がんどう》返しさながら、床の間の壁がひっくり返る。

「うっ」

埃《ほこり》臭さに、息が詰まった。

御用之間とは、歴代の公方がひとりで政務にあたった隠し座敷のことだ。広さは四畳半にすぎず、一畳ぶんは黒塗りの御用箪笥《だんす》に占められ、箪笥には目安箱《めやすばこ》の訴状などが納められている。低い位置には小窓が穿《うが》たれ、灯りを照らせば坪庭が映しだされた。

「よう参った、これへ」

有明行燈《ありあけあんどん》に照らされた人物の顔は、ふくよかで凜々《りり》しい。

丸眼鏡の冴えない老臣だった橘とは異なり、千両役者にしてもよさそうな若き好男子である。しかも、知らぬ顔ではなかった。おそらく、老中を罷免《ひめん》された水野越前守忠邦が城を去ってから、諸侯諸役人からもっとも注目を浴びることになった人物であろう。

蔵人介は膝を折り、その場に平伏した。

わずかの間があり、重々しい声が聞こえてくる。

「余《よ》のことがわかるか。遠慮はいらぬ、申してみよ」

「畏《おそ》れながら、御老中の阿部伊勢守さまであられまする」

「ふむ、そうじゃ」

齢《よわい》はたしか、二十五のはずだ。老中首座となった土居大炊頭利位《どいおおいのかみとしつら》からも頼りにされている若き殿さまにほかならない。

今から三年前、大奥の女中たちと僧侶が乱行をきわめて破却《はきゃく》とされた感応寺《かんのうじ》の一件に際し、阿部伊勢守は寺社奉行として徳川《とくがわ》家の面目を保つ老獪《ろうかい》な裁定をおこなった。僧侶たちだけに重い刑を下し、女中はひとりも罪に問わなかったのだ。おかげで、大奥ばかりか、家慶の信頼をも勝ち得た。それが水野忠邦失脚ののち、若年寄《わかどし》寄《より》を経ずに一足飛びで老中に抜擢された理由ではないかと臆測されている。

「あらためて尋ねよう。おぬしが鬼役の矢背蔵人介か」

「いかにも、さようにござりまする」

「ひとたび命を下されれば、邪智奸佞《じゃちかんねい》の輩《やから》に躊躇《ちゅうちょ》なく引導《いんどう》を渡す。敵にまわせばこれほど厄介な男はおらぬと、姉小路《あねがこうじ》さまが仰せになったわ」

大奥を牛耳《ぎゅうじ》る上臈御年寄《じょうろうおとしより》の姉小路は家慶に意見できるほどの実力者、阿部が老中に抜擢された裏には姉小路の影がちらついているとの噂もある。噂どおりだったとしても、一介の鬼役には関わりのないはなしだ。

「姉小路さまから、橘右近どののことも伺った。反骨漢《はんこつかん》にして清廉《せいれん》の士、中奥に据えられた重石《おもし》のような忠臣であったとな。壮絶な最期もつぶさに伺っておる。介錯をつとめたのが、おぬしであったとか。ふふ、いかがした。表情も変えずに、何を考えておる。余のことが信用できぬか」

「いいえ、さようなことは」

「初見ゆえ、詮方《せんかた》あるまい。桜田御用屋敷の如心尼さまは、数日前から病で床に臥《ふ》されておるようでな、それゆえ、姉小路さまはこの身に内密のおはなしをされたのやもしれぬ」

「内密のおはなしにござりまするか」

両手を突いたまま顔を持ちあげ、探るような眼差《まなざ》しを向けると、阿部はにやりと笑った。

「楽にいたすがよい。矢背という珍しい姓の由来も存じておるぞ」

遥《はる》か一千二百年ほど前に勃発《ぼっぱつ》した壬申《じんしん》の乱《らん》の際、洛中《らくちゅう》から逃れようとした天武《てんむ》天皇が比叡山《ひえいざん》の麓《ふもと》で追っ手から背中に矢を射かけられた。それゆえに「矢背」と名づけられた地名が、長い年月を経て「八瀬《やせ》」と表記されるようになったという。

「八瀬の民は八瀬童子《どうじ》と呼ばれ、閻魔《えんま》大王に使役《しえき》された鬼であったとか。鬼の子孫であることを誇り、酒呑《しゅてん》童子を祀《まつ》っているとも聞いたが、それはまことか」

たしかに、裏山の「鬼洞《おにがほら》」には都を逐《お》われた酒呑童子が祀られている。鬼の子孫であることを公言すれば弾圧は免《まぬか》れぬゆえ、村人たちは比叡山に隷属《れいぞく》する寄人《よりうど》となり、延暦寺《えんりやくじ》の座主《ざす》や高僧やときには皇族の輿《こし》を担ぐ力者《りきしや》に身を窶《やつ》した。

「戦国の御代《みよ》には禁裏《きんり》の間諜《かんちよう》となって暗躍し、諸侯から『帝《みかど》の影法師《かげぼうし》』と畏怖《いふ》されたとか。ふふ、ずいぶん勇ましい族《うから》ではないか」

なるほど、八瀬庄の首長でもあった矢背家の当主は鬼を祀り、代々、勇猛果敢を信条としてきた。ただ、養母の志乃《しの》は子を授からず、すでに矢背家の血脈は途絶えており、養子の蔵人介に鬼の血は流れていない。

阿部が姉小路から聞いた「内密のおはなし」とは、姓の由来ではなかろう。

「さよう。幕府開闢《かいびゃく》当初、大権現家康《だいごんげんいえやす》公は徳川宗家《そうけ》を縁の下で支える者として、策《さく》をもって仕える家と剣《けん》をもって仕える家、さらには間《かん》をもって仕える家をお定めになったと伺った」

鋭い目でじっとみつめられ、蔵人介は動揺を隠しきれない。まったく同じはなしを、みずからの死を予感した橘から教えてもらったからだ。

策をもって仕えよと命じられたのが橘家、間をもって仕えることとされたのが公人朝夕人の土田家、一方、当初から剣をもって徳川宗家に仕えたのは、宮中との橋渡し役を担った高家《こうけ》の吉良《きら》家であったという。

「赤穂《あこう》浪士の討ち入りで、吉良家は改易《かいえき》とされた。それゆえ、早急に代わりを探さねばならなかった」

今から百四十年もまえのはなしだ。八瀬衆を束ねる矢背家に白羽《しらは》の矢を立てたのは、老中首座の秋元但馬守喬知《あきもとたじまのかみたかとも》であった。延暦寺との境界争いで潰されかけていた八瀬衆にたいし、揉め事を解決するかわりに徳川家への忠誠を誓わせたのだ。

「矢背家の当主は、剣をもって徳川家へ仕えるという重責を押しつけられた。故郷を離れたご先祖は、さぞかし面食らったことであろう」

秋元の命により、志乃の四代前にあたる矢背家の女当主が江戸へ連れてこられた。しばらく橘家へ預けられたのち、御家人《ごけにん》の番士《ばんし》を婿に取り、旗本として一家を構えることになったのである。

蔵人介の知るところによれば、将軍家の毒味役を望んだのは女当主のほうであったらしい。徳川家に仕える覚悟のほどをしめすべく、死と隣りあわせの役目を選んだとも伝えられていた。

ただし、毒味役は表の役目で、裏にまわれば将軍家の密命を帯びた刺客《しかく》とならねばならぬ。それゆえ、身分の別なく武勇に優れた養子が求められた。

間諜として秀でた能力を持つ家に幕臣随一の剣客を入れ、汚れ役として意のままに使いたおす。そうした皮肉めいた臆測もできぬわけではない。橘は余計な臆測をさせぬために、矢背家が幕臣になったそもそもの経緯を死の直前まで口にしなかった。

ともあれ、姉小路もそこまでの詳しい内容は知るまい。

阿部伊勢守は、ふいにはなしを変えた。

「つかぬことを聞くが、表向《おもてむき》の大広間には何枚の畳が敷かれておる」

「五百枚かと」

「そうじゃ。白書院と黒書院も合わせれば七百枚を超える。このほど、七百枚ぶんの畳が備後畳に敷きかえられることになった」

阿部の領する備後福山藩十万石《ごく》は、畳表を藩収入の大きな柱に据えている。老中の権限を使って、いずれは城中の畳をすべて備後産に換える腹積もりなのかもしれない。老中は一度やったら辞められぬというはなしだ。

「されど、いささか窮屈で困っておる。右を向いても左を向いても、偉そうな御大名衆ばかりでな、気の休まる暇もない……ふふ、愚痴はこの程度にしておこう。御用之間に出入りできる者は、上様から何を預けられるかわかるか」

「はて」

「とぼけてみせずともよい。これじゃ」

差しだされたのは、目安箱の鍵であった。

橘も同じ鍵を預かり、家斉と家慶から御用之間の差配を任されていた。となれば、阿部は姉小路ではなく、家慶から直々に橘の後継を託されたとみるべきかもしれない。病弱な如心尼では、これからの難局を乗り越えられぬと判断したのであろうか。

「さて、ここからが本題じゃ。これをみよ」

床にひろげられたのは、一枚の訴状だった。

黒ずんだ文字に目を落とすや、嫌な感覚にとらわれる。

「わかるか。目安箱に投じられたこの訴状、すべて血文字で記されておる。目にされた上様のご心労はいかばかりか、ご想像申しあげただけでも胸が痛んでまいろうというもの。しかも、一読すればわかるとおり、七十三万石におよぶ外様雄藩《とざまゆうはん》の浮沈に関わる内容じゃ。訴状の真偽もふくめて、おぬしに託そうとおもうてな」

「それがしに、でござりまするか」

「おのれを殺し、忠義に殉ずる。鬼役こそが武門の鑑《かがみ》と、橘右近どのは生前によくはなしておられたと伺った。よいか、できぬと申すでないぞ。これは目安箱の訴状に関わる密命じゃ。それがどういう意味か、おぬしならわからぬはずがあるまい」

紛《まご》うかたなき公方直々の御命であると、阿部は言いたいのであろう。

蔵人介は果敢に抗うどころか、潰れ蛙《がえる》のごとく平伏すしかなかった。

三

——抜け荷は天下の大罪。

——藩政を私《わたくし》する者に死を。

血文字の訴状で断罪された人物の名は調所笑左衛門《ずしょしょうざえもん》、薩摩《さつま》藩島津家七十二万八千石の舵取りを任された家老にほかならない。

三日後、蔵人介は偶然にも、みずからの屋敷内で調所と再会する機会を得た。

神無月は茶人正月とも言われ、ひとかどの茶人でもある養母の志乃は地炉《じろ》を開いて口切りの茶会を催す。

市ケ谷御納戸町《いちがやおなんどまち》にある矢背家の屋敷内には、寂《さ》びた風情の庵《いおり》が新たに築かれていた。

客は冠木門《かぶきもん》を潜って玄関には向かわず、脇の小道から飛び石伝いに裏手へまわり、簀戸《すど》門を押して内へはいる。そして、苔生《こけむ》した織部燈籠《おりべとうろう》を横目にみながら小道を進む。蹲踞《つくばい》の水で手を浄め、ふと見上げれば、数寄屋《すきや》の軒下に掲げられた扁額《へんがく》に「老驥庵」なる細い墨文字が記されていた。

志乃によれば、唐《とう》代の忠臣にして書家の顔真卿《がんしんけい》が書いた「老驥伏櫪《ろうきふくれき》」からとった号《ごう》であるという。老いた駿馬《しゅんめ》が厩《うまや》に繫《つな》がれても、なお雄々《おお》しく駆けようとする心意気をあらわし、そもそもは魏《ぎ》の曹操《そうそう》が詠じた詩の一節にあるらしい。

「老驥なれども、志は千里にあり」

志乃は胸を張り、縹渺《ひょうびょう》たる荒れ野を駆けめぐる武人の顔で言いはなった。

茶室そのものは利休《りきゅう》好みの又隠《ゆういん》造り、幽玄《ゆうげん》なおもむきを堪能《たんのう》できる空間だが、客をもてなす主人の心意気は枯れていない。激動の時流や尊大な権威に屈せぬ気概が、一服の茶に込められている。生きてきた道程を振りかえりつつも、いっそうの精進をもって前へ進まんとする。雄々しく前へ進む力を得んがために、客たちは志乃の茶室を訪れたくなるようだった。

茶会は朔日《ついたち》からこのかた、連日のように催されている。妻の幸恵《ゆきえ》も裏方の手伝いに勤しんでいるものの、主人として茶を点《た》てることは許されていない。

蔵人介は遠慮して近づかずにいたが、訪れた客の名を聞いて足を向ける気になった。

砂雪隠《すなせっちん》の待合で「これも因縁か」とつぶやき、数寄屋の躙《にじ》り口へ身を差しいれる。

ふわりと、新茶の香りがした。

右手の客畳に、白髪の老侍がぽつねんと座っている。

主人の志乃はおらず、茶釜だけが湯気を立てていた。

あらかじめ告げてあったので、客は驚きもしない。

「調所さま、お久しゅうござります」

と、蔵人介のほうから声を掛けた。

「芝《しば》新馬場の御屋敷で、一度お目にかかりました。あれから四年近くが経ちます。おぼえておいでてでしょうか」

「忘れるはずがござるまい。矢背蔵人介どの、そこもとは近衛《このえ》さまのご縁を頼ってまで、それがしとの会見を望まれた。当初は幕府の隠密ではないかと疑ったが、さにあらず、命懸けで奸臣の悪事を報せにきてくれたお父上を救うためであった。会見の場で獅子身中《しししんちゅう》の虫《むし》、勘定奉行の阿久津《あくつ》刑部《ぎょうぶ》を断罪していただかねば、わが島津家は今ごろどうなっていたかもわからぬ。国元とのあいだを忙《せわ》しのう行き来しておる身ゆえ、なかなかご挨拶に伺う機会も得られなんだが、胸の裡ではいつも感謝いたしておりました。今でもことに寄せては、お父上のご冥福をお祈り申しあげております」

「畏れ多いおことば、痛み入ります」

実父の叶孫兵衛《かのうまごべえ》は阿久津一派に捕らえられ、最後は武士の一分《いちぶん》を通して亡くなった。

「あれは正月九日の出来事でござったな。明後日はお父上の月御命日、せめてものお慰みになればとおもい、あれを……」

床の間の一輪挿しには、薄紅色の山茶花《さざんか》が生けてある。

「……本日はまた、ご高名な御母堂《ごぼどう》のお茶の会にお招きいただき、まことに光栄のいたりにござる。じつはそれがし、そもそもは茶坊主として先々代の当主にお仕え申しあげておりました。それゆえ、嗜《たしな》みと申せば茶のほかに、これといってござりませぬ。老驥庵における口切りのお茶会を、指折り数えて待っておった次第にござる」

先々代とは、十年前に八十九歳で大往生を遂げた島津重豪《しげひで》のことだ。みずからの娘茂姫《しげひめ》を近衛家の養女にしたのち、徳川将軍家へ輿入れさせた。重豪が前将軍家斉の岳父となったことで、薩摩藩島津家は外様筆頭格という揺るぎない地位に引きあげられたのである。

一方で重豪はたいへんな浪費家だったので、藩の台所は火の車となり、藩財政の引締めをはかろうとした嗣子斉宣《しなりのぶ》は重豪と対立したあげく、強引に隠居させられてしまう。藩政は孫の斉興《なりおき》に委《ゆだ》ねられたが、重豪の死後、難しい改革を一手に任されたのが調所笑左衛門であった。

調所はまず、五百万両にもおよぶ大借金をどうにかしなければならなかった。さっそく御用商人を威《おど》して、借金を無利子で二百五十年にわたり分割払いにさせ、奄美《あま》大島《み》や徳之島《とくのしま》産の黒砂糖を大坂《おおさか》の問屋を通さずに専売にした。そして、今や誰もが信じて疑わぬはなしだが、琉球《りゅうきゅう》経由で清《しん》との密貿易を推進するなど、法度《はっと》に触れるような施策まで講じた結果、二百万両を超える余剰金を蓄えるまでになったという。

辣腕《らつわん》の家老だけに敵も多い。調所にとっては、茶席だけが心の安まる場なのかもしれなかった。

志乃の茶席には世間に名の知られた人物が多く集い、かつては出雲《いずも》国松江《まつえ》藩の藩主であった松平不昧《まつだいらふまい》公なども訪れていた。高名な武家のみならず、豪商もおれば千両役者もおり、評判は口から口に伝わって、名を聞けば驚くような人物も気軽に茶を嗜《たしな》みにやってくる。

調所もまさにそうした客のひとりだが、志乃にはいっさいの事情を告げていない。蔵人介は膝行《しっこう》し、調所と横並びで客畳に座った。

床の間の壁には、志乃の筆跡で「老驥伏櫪」と書かれた軸が掛かっている。
「老驥伏櫪、よいことばでござる」
調所は噛みしめるように漏らし、何度もうなずく。
今日は朝からよく晴れ、山茶花日和《びより》と呼んでもよかろう。
二方向に穿たれた下地《したじ》窓からは、少量の光が射しこんでいる。
前触れもなく、すっと茶道口が開いた。
「ようこそ、お越し下されました」
志乃である。
点前《てまえ》畳に膝をたたみ、三つ指をついてみせる。
一分たりとも隙のない、堂に入った仕種だった。
志乃は茶釜の蓋を取り、茶柄杓《ちゃびしゃく》でひょいと湯を掬う。
茶杓の櫂《かい》先に抹茶を盛り、温めた天目《てんもく》茶碗に湯を注いだ。
さらに、茶筅《ちゃせん》を巧みに振り、さくさくと泡立てはじめる。
所作は流れるようにすすみ、調所の膝前へ天目茶碗が置かれた。
調所は作法に則《のっと》って茶碗を手に取り、抹茶をひと口に呑みほす。
「けっこうなお点前にございます」

嗄《しゃが》れた声で神妙に発し、茶碗の底に目を落とした。

「これが噂の鹿《か》の子《こ》天目、ふうむ、釉薬《ゆうやく》の変容がじつにおもしろい」

ひとしきり褒めて落雁《らくがん》を齧《かじ》り、満足したように眸子を細める。

蔵人介も志乃の点てた茶を呑んだ。

心の静謐《せいひつ》さを保つのに、老驥庵で呑む茶ほど優れたものはほかにあるまい。

大袈裟《おおげさ》なはなしではなく、蔵人介には客の途絶えぬ理由がわかるような気がした。

調所が来庵を請うて帰ったあと、志乃がさりげなく問うてくる。

「島津家の御家老さまに何ぞ、伺いたいことでもおありだったのですか」

あいかわらず、勘が鋭い。

蔵人介は、さり気なく躱《かわ》した。

「いいえ、ご挨拶申しあげたかっただけにござります」

「ふむ。もうすぐ、孫兵衛どのの月御命日でもあるしな」

志乃は山茶花に目をやり、それ以上は追及してこない。

蔵人介は深々とお辞儀をし、侘《わ》びた風情の庵を後にした。

四

部屋に戻って襖を閉めると、廊下の端から何者かの気配が近づいてきた。

「殿、串部《くしべ》にござります」

「ふむ、はいれ」

従者の串部六郎太《ろくろうた》が襖を開け、のっそりはいってくる。

蟹《かに》のように横幅がひろく、四角い顔の両脇に太い鬢《びん》を反りかえらせており、畳に座った途端、無遠慮に屁を放ってみせた。

——ぶひっ。

蔵人介は、顔をおもいきり顰《しか》める。

「あいかわらず、無礼な男だな」

「年のせいか、尻の穴が緩《ゆる》くなり申した。ところで、島津家の御家老はお変わりござりませなんだか」

「肌の色艶《いろつや》もよく、以前よりふくよかにみえた」

少なくとも、古希《こき》を迎える齢とはおもえなかった。

「血文字の訴状には、希代《きたい》の大悪人と記されてござりました。人は見掛けによらぬと申します。福禄寿《ふくろくじゅ》のごとき好々爺《こうこうや》にみえても、腹のなかはわかりませぬ。ましてや、相手は島津の古狸でござる」

「おぬしに言われずとも、承知しておるさ」

実父の孫兵衛は天守台《てんしゅだい》を守る番人であっただけでなく、島津家の内情を探る御庭番の役目を手伝っていた。ただし、若い頃のはなしである。役目を離れて何年も経過したのち、当時の御庭番だった主家の隠居が訪ねてきた。孫兵衛が恩人と慕っていた隠居は転び間者《かんじゃ》となって暗躍し、島津家の勘定奉行が抜け荷の利益を私《わたくし》していたことを調べあげており、その証《あか》しとなる書状を孫兵衛に預けたのだ。

無惨にも口封じされた恩人の願いをかなえるべく、孫兵衛は命懸けで書状を薩摩藩邸の調所笑左衛門のもとへ届けようとした。ところが、直前で敵に勘づかれ、蔵屋敷に監禁されたあげく、命を落としてしまった。

蔵人介は天守番の父に裏の役目があったことや、おのれの生いたちに関わる逸話を、そのときにはじめて知った。忘れていた幼い頃の記憶が、忽然《こつぜん》と蘇ったと言ってもよかろう。

乳飲み子のときに京で人さらいに攫《さら》われ、めぐりめぐって薩摩の地に流れ、薩摩と肥後《ひご》の国境にあった逃散《ちょうさん》の村跡で飢えかけていたとき、偶然にも孫兵衛に拾われたのだ。それゆえ、血は繋がっていない。だが、実子として慈《いつく》しんでくれた孫兵衛のことを、今でもほんとうの父だとおもっている。

ともあれ、島津家との因縁は浅からず、家老の調所笑左衛門が一筋縄ではいかぬ相手であることはわかっていた。

「藩ぐるみで抜け荷でもせねば、何百万両もの蓄財など築けますまい。長崎《ながさき》会所を経ずともよい品々の取引にしろ、大坂の問屋を根こそぎ敵にまわした黒砂糖の専売にしろ、何故《なにゆえ》に島津だけが優遇されるのかと、他藩の連中からは文句が絶えません。そもそも、武家が阿漕《あこぎ》な商売に手を染めてよいのかと非難する者は藩内外に多く、幕府の役人連中も調所のやり方だけは容認できぬと、息巻いているようにございます」

儲かりすぎると、横槍《よこやり》がはいるというはなしだ。

「されど、島津家は将軍家と御縁続きのうえ、大御台《おおみだい》茂姫さまもご息災《そくさい》のご様子、一位《いちい》様と周囲に持ちあげられ、御本丸大奥にでんと控えておられるだけに、幕閣《ばっかく》のお歴々も腫れ物に触るような扱いしかできぬのでござりましょう。新米老中の阿部伊勢守さまもしかり、上様がたまさか目にした訴状の扱いに困ったあげく、殿のもとへ厄介事を持ちこむしかなかったのでござる」

「おぬしの愚痴など聞きとうもないわ」

「殿の仰せのとおり、島津に関わる批判のほとんどは、調所笑左衛門の見事な差配をやっかんでのことにござりましょう。されど、血文字で綴《つづ》るほどの恨みとなれば、はなしは別にござります」

胸を張った串部から、蔵人介は目を逸《そ》らす。

「訴状を記した者の素姓、調べがついたようだな」

「柴原甚右衛門《しばはらじんえもん》なる者、日向《ひゅうが》国飫肥《おび》藩五万一千石、伊東《いとう》家の江戸留守居役《るすいやく》にござりました」

「ほう、伊東家と申せば、島津家とは犬猿の間柄ではないか」

「まさしく、太閤秀吉《たいこうひでよし》公の頃からの因縁を、両家は未だに引きずっております」

伊東家の祖先は源 頼朝《みなもとのよりとも》の御家人で、日向国内の地頭《じとう》に任じられたのち、大隅《おおすみ》と薩摩の両国を支配していた島津家と領地を激しく争った。そして、天正《てんしょう》五年(一五七七)の戦いに大敗して日向の地を逐われたものの、十年後、秀吉が島津征伐の軍を起こしたときに先導役を担い、大名として復活を遂げた。

関ヶ原《せきがはら》の戦いでは東軍に内通したことで領地を安堵《あんど》されたが、仇敵《きゅうてき》の島津家も西に境を接する薩摩一国を安堵された。しかも、飫肥領の北に島津一門の領する佐《さ》土原《どわら》藩三万石が立藩すると、上下から挟み撃ちされる恰好になった。

島津家と伊東家は石高も家格も天と地ほどに開いてしまったが、幕初から遺恨《いこん》を抱えたまま今にいたっているのである。

「たとえば、参勤交代で飫肥藩の藩主が佐土原藩の領内を通過するときには、佐土原藩の藩兵が街道に槍衾《やりぶすま》をつくって威嚇《いかく》するのが常だそうです。一方、飫肥藩でも正月にはかならず、島津家を滅ぼすことを藩士全員で誓う慣《なら》わしが残っているとか」

よく知られた逸話なので、串部に説かれるまでもなかった。

「先月、柴原甚右衛門は腹を切りました。目安箱の訴状は、そのときに書かれたものではないかと。しかも、伊東家のなかでは、無念腹《むねんばら》を切ったのではないかとの噂が立っております」

「無念腹か」

島津家に積年の恨みを持つ伊東家の江戸留守居役が、島津家に繁栄をもたらした家老に恨みを抱き、公方宛てに血文字の訴状をしたためた。そのうえで腹を切ったというのだろうか。

「海千山千の留守居役にしてはめずらしく、藩内きっての律儀者《りちぎもの》であったとも聞きました。されど、切腹したまことの理由はわからぬと、首をかしげる者も多い。いったい、調所笑左衛門と何処で関わりがあったのか、腹を切ってみせるほどの恨みとは何であったのか、肝心なところが判然といたしませぬ」

訴状には島津家が唐船《からふね》と直に交易をおこない、干鮑《ほしあわび》などの俵物《たわらもの》と交換に抜け荷の品を得ているとの疑いがあり、すべては調所笑左衛門が私腹を肥やすためにおこなわせているものと断定されていた。

訴状の中身が事実ならば、調所本人ばかりか、調所に藩政を任せた藩主斉興の責も問わねばならず、下手をすれば島津家の改易《かいえき》が評定《ひょうじょう》に掛けられる事態にならぬともかぎらない。

何千人もの士卒《しそつ》が食い扶持《ぶち》を失えば、江戸表も国元も混乱をきたし、幕政にも悪影響がおよぶ。それゆえ、真実を慎重に見極めねばならぬと、阿部伊勢守は判断したのかもしれない。

串部の言うとおり、本音では「一位様」こと大御台茂姫に気取《けど》られぬように事を運び、島津家や当主には傷をつけず、内々で処理したいはずだ。

「いったい、何処から調べればよいものやら。公人朝夕人の伝右衛門も探りを入れておりましょうから、そちらのはなしを待ってみるしかござりませぬ」

「ふむ」

「ところで、この一件、若殿にはお伝えなされますか」

「はて、どういたすか」

公方への目見得を控えているだけに、本心を言えば、卯三郎を面倒事に巻きこみたくはなかった。だが、鬼役として一本立ちするためには、敢《あ》えて入りくんだ案件に関わらせておくべきかもしれぬ。

「考えどころにござりますな」

串部も「ふうむ」と唸《うな》り、思案深げに考えこんでみせる。

この男は悩んでいるようにみえて、さほど深くは考えていない。

ともあれ、蔵人介は不思議でたまらなかった。

さきほどまで老驥庵でのんびり茶を呑んでいた調所笑左衛門が、裏では針の筵《むしろ》に座らされているのである。

調所ほどの人物が私欲に溺れているとは考え難い。

裏に何かあるなと、蔵人介はおもわざるを得なかった。

饫肥藩伊東家の江戸留守居役、柴原甚右衛門はどうして無念腹を切ったのか。

血文字で綴られた訴状の謎を解くには、切腹にいたった詳しい経緯を調べねばならない。伝右衛門の報せを待たずに動いたのは、長らく隠密御用に携わってきた者の習性であろうか。

五

翌夕、蔵人介が串部ともども足を向けたのは、遺された家人《かじん》のもとだった。

切腹から半月経ち、柴原家には改易の沙汰《さた》が下されていた。外桜田の饫肥藩邸から離れることになった妻と息子夫婦は、蓄えのすべてを使用人らに分け与え、自分たちは平川町《ひらかわちょう》の町人長屋へ移った。

「捜すのに、ちと骨を折りました。何せ、藩士どもは厄介事に関わるまいと、ご遺族の行方をはなしたがりませなんだ」

串部は柴原家に仕えていた奉公人をみつけだし、酒をふるまったうえで重い口を開かせた。その奉公人も、主人の甚右衛門が切腹した理由までは知らなかった。

「小姓だった子息が介錯をおこなったそうです」

さぞかし辛い役目であったに相違ない。

蔵人介は胸の裡で慟哭《どうこく》しながら、橘右近の首を落とした。親しいとはいえ、あくまでも橘は他人である。父親の介錯をせねばならぬ息子の心中はいかばかりか、容易には想像もつかない。

ふたりが足をはこんだところは、獣肉屋《ももんじ》が軒を並べる辺りから裏へ一本はいった藁店《わらだな》だった。

「甚一郎《じんいちろう》なる子息にも何らかの罰が与えられるであろうから、当面は藩邸のそばに留《とど》まるように命じられているようです。父親の四十九日も済んでおらぬので、会ってもらえるかどうか」

串部の不安は杞憂《きゆう》に終わった。

遠慮がちに焼香を願いでると、応対にあらわれた妻らしき老女が狭い部屋のなかへ導いてくれたのである。

串部を外に待たせ、蔵人介は黙然《もくねん》と焼香を済ませた。

妻とともに並んで座る息子もうらぶれてはおらず、きちんと月代《さかやき》を剃って侍の威厳を保っている。おそらく、卯三郎と同年代であろう。藩のほうからいつ何時厳しい沙汰が下されてもよいように、精進潔斎《しょうじんけっさい》している様子がみてとれた。

一方、嫁は新妻であろうか。一見して孕《はら》んでいるのがわかった。嫁いださきで不運に見舞われても、それがおのれの運命であるかのごとく受けとめ、つとめて明るくふるまっている。実家へ戻るようにと、義母や夫に説得されたにちがいない。その申し出を毅然《きぜん》と拒み、伴侶《はんりょ》と運命をともにする道を選んだのであろうか。こざっぱりした表情からは、そうした経緯を窺《うかが》い知ることができた。

「申し遅れました。それがし、幕府御膳奉行の矢背蔵人介と申します」

対座して名乗りあげると、老女が小首をかしげる。

「生前、夫がお世話になったのでしょうか」

「いいえ、こちらがお世話になりました」

蔵人介は下手な嘘を吐き、御茶を濁した。

留守居役ゆえ、幕府の役人と繋がりがあっても不思議ではない。だが、膳奉行と聞いて、ぴんとこなかったのだろう。ましてや、わざわざ焼香に訪れるほどの親密な関わりであったとすれば、一度や二度は名を聞いていたはずだと疑われても仕方なかった。

ところが、妻も息子夫婦も探るような眼差しを向けてはこない。

「弔問にいらしていただいたのは、矢背さまがおふたり目です」

と、老いた妻は涙ぐむ。

蔵人介はうなずき、ことばを選びながら遠回しに問うた。

「それがしには、どうしてもわかりませぬ。柴原さまは何故、かような最期を遂げねばならなかったのか」

「恥ずかしながら、わたくしにもわからないのでございます。恨み言ひとつ遺さず、夫は逝きました。武家は最期が肝心と、日頃からよく申しておりましたもので」

「遺書のようなものも、お遺しにならなかったのでしょうか」

「はい」

妙だなとおもった。家人にすら何も告げずに逝った人物が、血文字の訴状を未練がましく目安箱に投函するであろうか。

蔵人介は俯《うつむ》き、すまなそうに喋りかけた。

「あの、ひとつお願いしたいことが」

「何でしょうか」

「柴原さまが生前に書かれたものを拝見できませぬか。何でもけっこうです。厚かましいお願いですが、形見分けに頂戴できぬものかと」

「形見分けにござりますか」

妻女は困惑しながらも立ちあがり、奥の箪笥から四角にたたまれた紙を一枚持ってきた。

「開いても」

「どうぞ」

紙を開くと、走り書きの文字が目に飛びこんでくる。

――形見分けを所望するお方にお渡しするように。

と、予言じみた文言が記されてあった。

「これは柴原さまのお筆跡《て》ですか」

「はい」

妻は目を伏せた。

「初七日が明けてすぐ、とあるお方がおひとりでご焼香にこられました。じつは、そのお方に形見分けとして、夫の遺した書状をお渡しいたしました」

「書状にございますか」

食い入るような目で尋ねると、妻は隣にちらりと目をやった。

「封がなされておりましたもので、わたくしも甚一郎も読んではおりませぬ。何が綴られてあったのかも、わからぬのでございます」

おそらく、甚一郎は読もうとしたのであろう。それを、夫の遺志を慮《おもんぱか》った母が止めたのだ。

蔵人介は、乾いた唇《くち》もとを嘗《な》めた。

「その訴状を、焼香に来られたどなたかに渡されたのですな。差しつかえなければ、そのお方の御姓名を伺っても」

「調所笑左衛門さまであらせられます」

げっ、と胸中で驚きの声をあげた。

調所との関わりが聞けるかもしれぬと期待するせいか、知らぬうちに前のめりになってしまう。

妻はゆっくり語りはじめた。

「調所さまは島津家のご重臣、今や知らぬ者とてないほどのお方であられます。若い時分にござりますが、夫は茶を嗜んでおりました。もちろん、島津家とは犬猿の仲にござりましたし、家臣同士も顔をつきあわせればいがみ合っておりましたものの、夫はあまりそうしたことに関心をしめさぬ性分《しょうぶん》で」

国境を越えて薩摩の地へ向かい、島津家の茶頭《さどう》に指南をしてもらった時期もあったという。

「御茶頭とは、調所さまのことにほかなりませぬ。調所さまとは師弟の間柄なのだと、いつぞやは自慢しておりました」

調所との交流は、三年足らずのことであったという。そののち、柴原は調所を見習って藩の礎《いしずえ》となるべく奮闘努力し、留守居役の地位までのぼりつめた。たがいの主家はあいかわらず犬猿の間柄ゆえ、家同士で頻繁に行き来するほどの親密さはないものの、年始の便りだけは欠かさぬ仲であったと聞き、蔵人介はいっそう首を捻《ひね》らざるを得なくなった。

柴原と調所は、茶の湯では師弟の間柄だった。しかも、調所はお忍びであったとはいえ、改易となった弟子のもとへ、わざわざ弔問に訪れたのだ。もしかしたら、年月を経ても、ふたりにしかわからぬ友情を育《はぐく》んでいたのかもしれない。そのような相手を、血文字を使って譏訴《ざんそ》することなどあり得ようか。

「そちらでよろしければ、お持ちいただいてけっこうです」

「まことですか、それはありがたい」

蔵人介は感謝のことばを述べ、走り書きの紙をたたんで懐中に仕舞った。

妻は眸子を潤ませ、息子夫婦も畳に両手をつく。蔵人介の弔問を、心の底から感謝している様子だった。

「妻のわたくしが申しあげるのも妙なおはなしですが、夫は生前、多くの方々から慕われておりました。ところが、藩内で弔問していただけるお方はひとりもいなかった。腹黒いところなど何ひとつないとでも言いたげに、意地を張って切腹してみせ、あげくに藩から厄介払いされたのかもしれませぬ」

罪人も同然の扱いを受けたがゆえに、ろくな葬儀もあげさせてもらえず、藩士たちの弔問も許されなかったのだろう。

「正直な気持ちを申しあげれば、三十年連れ添った妻として、柴原甚右衛門が切腹せざるを得なかった理由を知りとうござります」

訴えかけるような眸子でみつめられ、蔵人介は動揺を隠しきれない。

故人と知りあいであるかのように偽ったことが悔やまれ、黙然と頭《こうべ》を垂れるしかなかった。

藁店の木戸を背にしたところで、串部が喋りかけてくる。

「殿、頂戴した紙をおみせ願えませぬか」

「ふむ」

妻に貰《もら》った紙を渡すと、串部は低く唸った。

「ふうむ、走り書きではござりますが、血文字の筆跡とはあきらかにちがいますな」

「そのようだな」

「となれば、訴状を書いたのは柴原甚右衛門ではなく、別の誰かということになる。そやつが柴原に罪を着せ、調所笑左衛門を讒訴しようとしたにちがいありませぬ」

何の罪もない留守居役を罠《わな》に嵌《は》め、死に至らしめたのだとすれば、けっして許すことのできぬ所業《しょぎょう》であろう。

「われわれより何倍も強く、忸怩《じくじ》たるおもいを抱く御仁《ごじん》がおられような」

「調所さまですな」

「ふむ」

形見分けとして受けとった書状には、いったい何が書かれていたのか。

それが柴原甚右衛門の死とどう結びつくのか、蔵人介はどうしても知りたい衝動に駆られた。

六

翌九日は父孫兵衛の月命日。家の仏間で焼香を済ませ、午後は久方ぶりに九段《くだん》坂上の練兵館《れんぺいかん》へ足をはこんだ。地稽古の見学をさせてもらうことにしたのだ。

「いやっ」

「たっ」

門弟たちの掛け声を耳にすると、いやが上にも気持ちが湧きたってくる。

館長の斎藤弥九郎《さいとうやくろう》は留守のようなので、師範代を任された卯三郎に遠くから会釈し、道場の片隅に座った。

神道無念流《しんとうむねん》の総本山、練兵館の稽古はとりわけ厳しいことで知られている。

明け方の素読《そどく》からはじまり、辰の五つ(午前八時)から正午過ぎまで二刻(四時間)余りもきつい稽古をつづけねばならない。使用する袋竹刀《ふくろしない》は他流派よりも重く、門弟たちは堅固《けんご》な面小手《めんこて》をつけて、素振りや組打ちや柔術の締めあいまでおこなう。

「師範代、お願いします」

元気に叫ぶ若侍には、みおぼえがあった。

新番士《しんばんし》の子息で名は門脇杢太郎《かどわきもくたろう》、姉の香保里《かおり》は許嫁《いいなずけ》なので、杢太郎はもうすぐ卯三郎の義弟になる。それが嬉しくてたまらないらしく、木刀を掲げて挑みかかる動きさえも弾んでみえた。

「ぬりゃっ」

李太郎は相青眼《あいせいがん》から勢いに任せ、水月《すいげつ》を狙った突きを見舞う。

卯三郎は左右にからだを転じ、横三寸の動きで初手を躱すや、同じ平《ひら》青眼から胸を突いた。

「ぬわっ」

李太郎は突き飛ばされ、尻餅をついてしまう。

きれいに決まった技は「飛鳥《ひちょう》」であろうか。

卯三郎は休む間を与えず、歩み足で迫った。

「そいっ」

構えなおした李太郎は、上段の一撃を繰りだす。

これを卯三郎は左十字に受けながし、斜め後ろにからだを捌《さば》きつつ、相手の右腰を叩いた。かとおもえば、竹刀の先端を床に落とし、蛙飛びに飛び退くと同時に、面を狙って熾烈《しれつ》に打ちおろす。

――ばしっ。

口伝《くでん》にある「芝隠れ」にて一本と、蔵人介は胸中につぶやいた。

神道無念流の形は口伝のみで門外不出、他流試合は厳禁とされている。蔵人介が修めたのは田宮《たみや》流の抜刀術だが、卯三郎にも稽古をつけてきたので、神道無念流の形や技はことごとく把握できた。

卯三郎は「寅伏《とらぶせ》」という蹲踞《そんきょ》の構えになり、ぱっと両手をひろげてみせる。

杢太郎は面食らいつつも相打ち覚悟で打ちこみ、相八相《はっそう》の打ち間から袈裟懸《けさが》けで容易に斥《しりぞ》けられた。

力量に雲泥《うんでい》の差はあるものの、卯三郎はけっして手加減しない。

真剣で立ちあっているかのごとき迫力で、相手を完膚《かんぷ》無きまでに叩きのめす。

鍛えられる門弟たちは幸運だなと、蔵人介はおもった。

むかしの自分なら、弱すぎる相手とは立ちあわなかったであろう。

甘やかして、手取り足取り教えることはしない。それは剣術の修行にかぎらず、毒味修行でも同じことだ。先代に自分がやらされたように、卯三郎にも最初は箸でひたすら小豆を摘まむ修行だけを課した。

朝から晩まで、笊《ざる》に盛られた小豆を箸で摘まんで別の笊に移させ、ある程度できるようになったら、今度は日がな一日鯛を睨《にら》むように命じた。

睨み鯛の修行をさせていた頃が懐かしい。

卯三郎はそもそも、納戸払方《はらいかた》に任じられた隣家の部屋住みだった。父の後継となった兄が上役の不正に加担できずに気鬱《きうつ》となり、おのれの手で母を殺《あや》めて自刃した。兄の仇《かたき》を討とうと上役の屋敷に乗りこんだ父も返り討ちにされ、家は改易となって不幸のどん底を味わっていたとき、蔵人介が救いの手を差しのべた。

それから四年余りが経つ。居候の卯三郎が実子の鐵太郎《てつたろう》に代わって、矢背家の養《よう》嗣子《しし》となった。

鐵太郎は大坂で医者になる道を選び、何年も前に江戸を離れていた。卯三郎より五つ年下なので、同じ年格好の杢太郎をみていると、どうしても面影が重なってしまう。

いずれにしろ、矢背家の血統は志乃で途絶え、鐵太郎にも卯三郎にも鬼の血は流れていない。それでも、家を継いで鬼役に就く者は求められ、その者は剣術の高い力量を備えていなければならなかった。

卯三郎にはその力量があり、鐵太郎にはなかったというだけのはなしだ。

実母の幸恵はがっかりしたにちがいないが、今では割りきっている。卯三郎自身も厳しい修行を乗りこえていくなかで、戸惑いを吹っ切ることができたようだった。

ただし、鬼役には毒味以外にも為すべきことがある。

――悪辣《あくらつ》非道《ひどう》な奸臣を成敗する。

公方から、刺客となって人を斬る御墨付きを与えられていた。しかも、いつのころからか、矢背家の女たちは裏の役目を忘れていった。志乃もおそらく、先代から教わっていまい。ゆえに、卯三郎は志乃と幸恵に裏の役目を内密にしなければならず、新しく家に迎える香保里や義弟となる杢太郎にも沈黙を貫くことが求められよう。

胸中に葛藤《かっとう》を抱えながら、役目に勤しむことを余儀なくされるはずだ。

蔵人介には、すべてわかっている。たどってきた道程は苦難の連続であった。矢背家を継いで鬼役になる以上、卯三郎も同じ道を避けて通るわけにはいかない。

――ばしっ。

道場に竹刀の音が響いた。

卯三郎が上段の一撃を撥《は》ねあげ、竹刀を頭上で風車のように旋回させながら、奥義の「竜尾《りゅうび》返し」を決めていた。

「……ま、まいりました」

杢太郎が弱音を吐き、稽古は終わった。

蔵人介は立ちあがり、道場から滑るように離れていく。

顔をみせただけで、卯三郎は密命に勘づいたことだろう。しかも、蔵人介がわざわざ足労《そくろう》したということは、一筋縄ではいかぬ役目にちがいないと察したはずだ。

御納戸町の屋敷へ戻ってくると、冠木門の脇に何者かが佇んでいた。

公人朝夕人、土田伝右衛門である。

「練兵館はいかがでしたか」

「あいかわらずの熱気さ」

「さすが、江戸でも一、二を争う人気道場。館長が留守がちなのに、門弟だけは集まってまいりますな。されど、優秀な師範代は鬼役として、もうすぐ御城にあがらねばならぬ。卯三郎どのがおらぬようになれば、さすがに人気も落ちましょう」

「斎藤どののことだ、手立ては考えておられよう」

伝右衛門は顔を顰める。

「それにしても、いよいよのご出仕、おめでたいと申しあげたほうがよいのか、ちと迷うところですな」

初日で毒を啖《くら》うやもしれぬ。あるいは、密命を遂げられず、斬り死にすることもあろう。

「どうなろうと、運命にまかせるしかない。本人も覚悟を決めておる」

「さすがにござります。して、お養父上《ちちうえ》はどうなさる」

「笹之間を去れば、城内に居場所はなかろう」

「隠居でござるか」

「そうなるかな」

伝右衛門は淋しげに微笑み、きゅっと表情を引きしめる。

「ところで、調所笑左衛門に恨みを持つ商人をみつけました。三年前までは島津家の御用達《ごようたし》だったにもかかわらず、調所の取った強引な施策の煽《あお》りを受け、体よくお払い箱にされた。しかも、藩に貸しつけていた数万両を二百五十年の無利子払いなどというふざけた返済のやり方に組み替えられ、怒り心頭に発していると聞きました」

「商人の名は」

「万寿《まんじゅ》屋松十《まつじゅう》と申します」

大坂の堂島《どうじま》あたりでは名の知られた蔵元《くらもと》でもあり、いくつもの藩に大金を貸しつけているという。蔵元は掛《か》け屋《や》とも称し、各藩の米を担保に金を貸すだけでなく、市場に向けた米の供給を調整しながら米相場を操ることも平気でやる。

そもそもは材木商として功成り名遂げ、飫肥藩の領内で産する杉や檜も商売の種にしていたらしい。いずれにしろ、万寿屋は海千山千のやり手で、さきごろ江戸にも出店を設け、札差《ふださし》の空き株を入手しようと狙っているようだった。

「幕府相手に一旗揚げるつもりなのでしょう。調べてみますと、万寿屋は飫肥藩にも二万両の貸付をおこなっておりました」

昨年、飫肥藩は幕府より鉄砲水で倒壊した河口堰《かこうぜき》の修復普請《ふしん》を命じられ、どうにかやり遂げた。藩の台所は以前から火の車で、万寿屋の二万両がなければ普請は達成できなかったとも言われている。

「普請や借入の交渉には、在府の留守居役があたります」

「柴原甚右衛門の切腹に関わりがあると睨んだか」

「はい」

「なるほど、万寿屋が鍵を握っていそうだな」

「主人の松十は今、江戸におります。顔を拝んでみるのも一興《いっきょう》かと」

「ふむ、まいろう」

「されば、串部どのをお連れなされませ。強面《こわもて》ゆえ、虚仮威《こけおど》しにはなりましょう」

「ふっ、虚仮威しか」

「何なら、本気で威す手もあろうかと。悪党の尻に火をつけるのは、お手のものにござりましょうからな」

声を起てずに笑う公人朝夕人に、蔵人介は冷めた目を向けた。

「養子を遣《い》に寄こしたな。あれは何のつもりだ」

「別に。手が離せなかっただけのことにござります」

「そうとはおもえぬ。何か考えがあってのことであろう」

「くく」

「何が可笑《おか》しい」

「鬼役どのと同じでござる。それがしもそろそろ、身を引く潮時かと」

「ふん、素直にそう申せばよいものを」

伝右衛門はふと、遠い目をしてみせる。

「たどった道程を振りかえる気はありませぬが、おたがい、よくぞここまで生きのびてまいりましたな。まさか、畳のうえで死ねるとはおもうてみませなんだ」

「まだ、畳のうえで死ねると決まったわけではないぞ。心に隙が生じた途端、足許《あしもと》のどぶ板がひっくり返る。人生とは、そういうものだ」

「かもしれませぬ」

しみじみと応じる伝右衛門の横顔に、寒風が吹きつけてくる。

舞いあがった枯れ葉に目を細め、蔵人介はほっと溜息を漏らした。

七

串部を連れて、蔵前《くらまえ》の天王町《てんのうちょう》へやってきた。

高さ一丈六尺（約四・八メートル）の閻魔座像で知られる華徳院《けとくいん》の隣である。

案内役の伝右衛門は、首尾《しゅび》も見届けずに居なくなった。

「あやつめ、さっさと消えおって」

串部は愚痴をこぼし、大路に沿って建つ『万寿屋』の表口を睨みつける。

「ふん、札差になった気でおるのか」

幕臣の財布を握る札差の空き株は、一千両とも二千両とも言われていた。ただ、万寿屋にとってはたいした出費ではなく、札差になるのは自明のこととされているようだった。そうでなければ、蔵前の一等地でこれみよがしに店を構えることなどできまい。

「万寿屋は御蔵を牛耳る気でおりましょう。米の売り惜しみや囲い込みをやり、米相場を吊りあげようとするかもしれませぬ」

「決めつけるのは、まだ早いぞ」

「いいえ、札差になろうとする商人なんぞ、悪党に決まっております」

串部は金満家とみれば悪党と決めつけ、顔を怒りで朱に染めた。

「その顔、まるで、茹で蟹ではないか」

「余計なお世話でござる」

不器用なので素直な感情が顔に出る。顔だけならまだしも、手も出てしまう。柳剛《りゅうごう》流の遣い手ゆえ、両刃に仕上げた同田貫《どうたぬき》をひとたび抜けば、悪党どもの臑《すね》を雑木のごとく刈ってみせるのだ。

少しばかり不安ではあるものの、まずは串部に任せてみようとおもった。

本人は肩で風を切りながら店先におもむき、万寿屋の敷居を踏みこえる。

「たのもう」

太い声を張りあげると、奉公人ではなく、月代と無精髭《ぶしょうひげ》の伸びたふたりの浪人が乗りだしてきた。

「何者だ」

落ちついた口調で、丈の高いほうが誰何《すいか》してくる。

腕におぼえがありそうな面構《つらがま》えから推せば、対談方《たいだんかた》と呼ばれる用心棒にちがいない。

串部は「ふん」と、鼻を鳴らす。

「みればわかろう」

「蔵宿師《くらやどし》か」

「まあ、そのようなものだ」

「だったら、訪ねる相手をまちがえておるぞ。こちらの旦那は、まだ札差になったわけではないからな」

蔵宿師は札差に借金のある旗本に雇われ、金利減免などの交渉をおこない、ときには強請《ゆすり》を仕掛けたりもする。一方、札差も自衛の手段として、腕と弁の立つ侍たちを雇い入れる。元馬廻《うままわ》り役だの元剣術師範だのといった肩書きの連中は、ほとんどは虚仮威しだが、なかには本物の剣客も交じっており、気を抜くことはできない。

蔵人介は相手の物腰を一瞥《いちべつ》しただけで、本物かどうかを見分けることができる。

万寿屋の雇った連中は、どうやら本物のようだ。

「この店に強請は効かぬ。片腕を失いたくなければ、尻尾を巻いて去ることだ」

低い声には、蔑《さげす》みと殺意が込められていた。

串部は毛ほども怯《ひる》まず、平然と応じてみせる。

「おぬしらに用はない。主人を呼べ。悪党面をじっくり拝んでやりたいのでな」

「去《い》ね、二度は忠告せぬ」

相手は身を屈《かが》め、刀の柄《つか》に手を添える。

串部も身構え、ぐっと顎を引きしめた。

たがいに手の内を探りながら、じっと睨みあう。

張りつめた緊張の糸が切れかかった寸前、奥からひょっこり人影があらわれた。

ずんぐりとした小太りの四十男で、海苔《のり》のように太い眉を八の字にさげている。

どうやら、主人の松十らしい。

「そない熱うならんと」

上方訛《かみがたなま》りで対談方を制し、上がり端の手前に折り目正しく正座する。

「わてになんぞ御用でっか」

三白眼《さんぱくがん》に睨みつける眼光は鋭く、修羅場を潜ってきた者の威圧が感じられた。

こちらも串部を引っこめさせ、蔵人介が前面へ乗りだす。

「万寿屋の主人か」

「へえ」

「おぬし、札差になりたいのか」

「そらもう、天下の札差になるんが商人の夢でおますさかいにな」

「空き株をいくらで買うつもりだ」

「はて、おいくらにいたしまひょ」

「とぼけるのか」

「なんぼでも言い値で買わせてもらうと、肝煎《きもい》りにはお伝えしてありまんのや」

「大坂の蔵元が札差になる。そんなはなしは滅多に聞かぬ。しかも、米高諸色高《しょしき》に喘《あえ》ぐ昨今のご時世を鑑《かんが》みれば、幕府のお偉方によほど懇意な知りあいでもおらぬかぎり、腹黒い高利貸しが札差になることは認められまい。常盤《ときわ》橋御門内の御勘定所あたりに、誰ぞ知りあいでもおるのか」

「腹黒い高利貸しとはまた、ずいぶんな仰りようで」

むっとしながらも、万寿屋は感情を押し殺す。

「そないなお偉いさんがおられはったとしても、あんさんに教える筋合いはない。さあ、はなしは仕舞いや」

万寿屋は懐中に手を突っこみ、品位の低い天保小判を数枚取りだす。

「これでも持って消えてくれ」

すっと腰をあげ、こちらに背を向ける。

近づこうとすると、左右から浪人どもに立ちふさがれた。

刀を抜いてもよいが、はじめて訪れた商家の土間を血で穢《けが》したくはない。箒《ほうき》を持った丁稚《でっち》の不安顔も、ちらりと目にはいっていた。

「迷惑を掛けるわけにもいかぬか」

蔵人介は小判も拾わずに踵《きびす》を返し、大股で敷居の外へ出た。

神田《かんだ》川に架かる浅草《あさくさ》橋へ向かうと、串部が慌てたように追いすがってくる。

「殿、お待ちを。あれでよかったのでございますか」

あっさりしすぎたのが気に食わぬようだ。

「対談方の髷を刈り、刀を抜いて威せば、松十本人の口から悪事のからくりを聞きだせたかもしれませぬぞ」

「考えもなしに、手荒なまねはしたくない。万寿屋のふてぶてしい面相を拝んだだけでも、足労した甲斐《かい》はあったというもの」

「さようなものですかねえ」

「今宵から張りつくとするか」

「えっ、今宵から」

「どうした、嫌なのか」

「いいえ、ちっとも」

と、応じつつも、串部は顰め面をしてみせる。

夜間の張りこみは冷えるため、できれば避けたいのだ。

「かしこまりました。今宵から万寿屋を張りこみ、怪しい動きがあればすぐにお報せいたします」

「おう、任せた」

蔵人介は突きはなしたように言い、浅草橋を足早に渡りはじめた。

八

両国《りょうごく》で串部と別れ、日本橋《にほんばし》から京橋《きょうばし》を経由して尾張町《おわりちょう》へ向かった。

途中で小腹が空いたので、屋台をみつけて十六文《もん》の掛け蕎麦《そば》を啜《すす》る。

鰹出汁《かつおだし》の効いた汁は温かく、繋ぎに海草を使っているせいか、蕎麦にはとろみがあった。

火照《ほて》ったからだで屋台をあとにし、大路を右に折れて山下町《やましたちょう》へ向かう。

さらに、御濠《おほり》を渡って山下御門を通りぬけ、外桜田の大名屋敷を眺めながら、日比谷《ひびや》門のほうへ歩いていった。

御門前までたどりつけば、大路を挟んで日比谷濠の碧水《へきすい》がみえてくる。

手前の角地、四千坪におよぶ広大な敷地には「城外の大奥」とも呼ばれる桜田御用屋敷が建っていた。歴代の公方に仕えた側室や身分の高い御殿女中たちが起居《ききよ》する隠居先で、御用屋敷を差配するのが如心尼にほかならない。

如心尼は大納言《だいなごん》池尻暉房《いけがみてるふさ》の娘として京に生まれ、十で江戸入りを命じられた家慶の正室喬子《せいしつたかこ》女王の世話役となり、家慶が将軍に就くとともに、万里小路《までのこうじ》と名乗って将軍付きの上臈御年寄《じようろうおとしより》へと昇進した。

気さくな性分ゆえに、大奥の女中たちからは「までさま」と親しげに呼ばれていたという。二年と九カ月のあいだ筆頭老女をつとめたのち、喬子の逝去にともなって落飾《らくしよく》し、桜田御用屋敷へ移ったのだ。

そして、公方直々の密命を鬼役に下す役目を負うようになった。

老中の阿部伊勢守によれば、今は病で臥しているという。

見舞いに訪れようとおもったが、二の足を踏んでいる理由は、御役目以外で訪れることのないようにと、如心尼本人から釘を刺されていたからだ。

それでも、外桜田の御屋敷町には足を向けようとおもっていた。

桜田御用屋敷以外にも、みておきたい御屋敷がある。

日比谷門に向かって右手に折れ、御濠沿いにしばらく進んで大路を南に向かった。左右には鍋島《なべしま》、南部《なんぶ》、島津など錚々《そうそう》たる大大名の御屋敷が並び、見上げるほど高い海鼠塀《なまこべい》に圧倒されてしまう。

蔵人介は三つ股の行き止まりを右手に折れ、ふたつ目の大名屋敷までやってきた。

「ここか」

敷地は桜田御用屋敷を超える五千坪余り、そこに飫肥藩伊東家の上屋敷が堂々と建っている。

秀吉のおこなった朝鮮出兵の際、石高が低いという理由で旗頭《はたがしら》になることができず、武勲《ぶくん》をあげても一軍の将として功績をみとめられなかった。そのときの苦い経験から、徳川家の外様大名となって早々に無理な禄上げを企てた。

領内は山がちで新田を開く余地もないのに、検地《けんち》の数値を水増しし、五万石を超える石高を幕府に承認させたのだ。ところが、見栄を張った増石によって、石高に応じた普請を負わされるはめになり、藩財政は逼迫《ひっぱく》の一途をたどってしまった。

今の藩主は第十三代の修理太夫《しゅりのだいぶ》祐相《すけとも》公、伊東家随一の名君との誉れも高く、幕府においては奏者番《そうしゃばん》の重職に就いている。あいかわらず出費は多いものの、飫肥は杉や檜の植林に適しているので材木の調達地となり、青息吐息《あおいきといき》ながらもどうにか生きながらえているようだった。

留守居役の柴原甚右衛門は、伊東屋敷の一隅で腹を切ったのである。

すぐ近くには島津家の上屋敷もあり、調所笑左衛門が立ち寄ることもあっただろう。

「近くて遠い関わりか」

島津家と伊東家は犬猿の仲ゆえ、家臣同士の交流は無いも同然だった。

陽は西にかたむき、蔵人介は来た道を戻りはじめた。

西陽に眸子を細めていると、行く手のほうから震えるようなおなごの声で華厳《けごん》経《きょう》が聞こえてくる。

「一即一切《いっそくいっさい》、一切即一、一入一切《いちにゅういっさい》、一切入一……」

島津屋敷の海鼠塀に沿って、白頭巾をかぶった尼僧《にそう》が近づいてきた。

「……里《さと》か」

如心尼に使える忍びである。

密命を伝える連絡役《つなぎ》でもある里は、そばまで近づくと経を止め、はにかんだように微笑んだ。

「さきほど、御屋敷の御門前でお見掛けしたものですから」

「それは幸運。如心尼さまのご容態を伺いたかったのだ」

「ご容態とは」

小首をかしげたくなるのは、蔵人介のほうだった。

「病に臥せっておられるとか」

「いったい、どなたがさようなことを。如心尼さまはお元気であらせられますよ」

「まことか」

「ええ」

阿部伊勢守は嘘を吐いたのだろうか。

だとすれば、何故に。

「もしや、血文字の訴状のことをお調べでしょうか」

勘のよい里は、探るような眼差しを向けてくる。

蔵人介はうなずいた。

「そのことならば、姉小路さまから探索無用との御命が」

「ほう、いつのはなしだ」

「十日ほどまえになりましょうか」

「一度下された御命が、無かったことにされたのだな」

「初めてのことゆえ、如心尼さまも首をかしげておいでに」

姉小路の判断で撤回された御命が、老中の阿部伊勢守を通じて新たに下されたのか。

そうであったとしても、理由は判然としない。真相は藪《やぶ》の中だ。

「昨夜、矢背さまはどうしておろうかと、如心尼さまがぽつりとこぼされました。もしかしたらおいでになるやもしれぬと、秘かにお待ち申しあげていたのです」

まさに、以心伝心《いしんでんしん》と言うしかない。

それにしても、如心尼は何か、不安でも抱えているのだろうか。

ふと、疑念が浮かんだものの、こちらから言いだすのは止めた。

里が白頭巾をかたむけ、丁寧にお辞儀する。

「されば、失礼いたします」

「ふむ、いずれ近いうちに、お伺い申しあげよう」

「近いうちとは、いつ頃にござりましょう」

「はて」

「御屋形《おやかた》さまは寒椿《かんつばき》がお好きです」

「ならば、寒椿の咲く頃にでも」

「お伝えしてもよろしゅうござりますか」

「いいや、おぬしの胸の裡に留めておいてくれ」

やはり、用もないのに、こちらから訪ねることはなかろう。

「では」

里は背を向け、滑るように離れていく。

遠ざかる後ろ姿を、蔵人介は黙然と見送るしかなかった。

九

二日後、家のみなで浅草の正燈寺《しょうとうじ》まで紅葉《もみじ》狩りに行き、三ノ輪《みのわ》辺りの田圃《たんぼ》に鶴の群れが舞いおりるのをみた。

卯三郎の許嫁となった門脇香保里も誘ったが、鶴をみつけたときのはしゃぎようはかなりのもので、卯三郎もはらはらするほどだった。志乃は「御拳《おこぶし》の鶴じゃ。御毒味の御膳に並ぶやもしれぬ」などと真顔で言い、小笠原《おがさわら》流弓術を究めた幸恵は矢で射る仕種をしてみせた。

香保里も同じように矢を射てみせ、卯三郎をいっそう慌てさせたが、気立てのよいしっかり者であることはわかっている。志乃や幸恵には遠くおよばぬものの、薙《なぎ》刀《なた》と弓のおぼえもあり、矢背家の嫁としてはまず申し分なかろう。

ともあれ、何かにつけて香保里が志乃と幸恵の厳しい目に晒《さら》されるため、卯三郎のほうが可哀相なほどの緊張を強《し》いられていた。

翌十二日は芭《ば》蕉《しょう》忌《き》、時雨《しぐれ》忌の別称とはうらはらに、朝からよく晴れた。

蔵人介は卯三郎を誘い、芝増上寺《ぞうじょうじ》のほうまで足を延ばした。

目指すさきは新馬場の薩摩藩邸、調所笑左衛門に面会を求め、腹を切った柴原甚右衛門との関わりを本人から聞きだそうとおもった。

新堀川《しんぼりがわ》に架かる将監橋《しょうげん》を渡りだすと、卯三郎が後ろからはなしかけてきた。

「養父上《ちちうえ》、ひとつ伺っても」

「ん、どうした」

「御役目のことにござります。以前、みずからの意に沿わぬ御命を下されても、拒んではならぬと仰せになりました。橘右近さまがお亡くなりになった今も、同様のお考えでしょうか」

もっとも聞かれたくない問いかもしれない。以前ならば、間髪を容れずに「問われるまでもない」と一喝《いっかつ》したはずだが、今は自信を持って即答することに一抹《いちまつ》のそれでも、蔵人介は毅然《きぜん》と応じた。

躊躇《ためら》いがある。


「私情を排し、鬼にならねばならぬ。それが鬼役じゃ」

「されど、あきらかに理不尽な御命のときは、どういたせばよいのでしょう」

「堂々と意見せよ」

自分でも意外な本音が口を衝《つ》いて出た。

「えっ」

戸惑う卯三郎にたいして、蔵人介はたたみかける。

「相手が御老中であろうとも、いや、上様であろうとも、堂々と意見せねばならぬ。無論、命懸けだ。意見が通らぬときは、腹を切らねばならぬ。そして、あきらかに理不尽な御命を頂戴したときは、御命を下した者の首を獲らねばならぬ。それこそが鬼役だ。矢背家の矜持《きょうじ》を継ぐ者ならば、常日頃からそれだけの覚悟を携えておかねばならぬ」

「はい」

正直な気持ちを伝えることが、はたしてよかったのかどうか、蔵人介にはよくわからない。

だが、卯三郎は瞳を輝かせた。

将監橋を渡ってひとつさきの辻を右に折れると、左右に破風《はふ》造りの番所を構えた薩摩藩邸の表御門がみえてきた。敷地は二万坪を遥かに超える。島津家は上中屋敷のほかにも府内に下屋敷三箇所と抱《かかえ》屋敷を七、八箇所ほども所有しており、敷地の広さだけをみても大御台茂姫（一位様）の威光を笠に着て、権勢を恣《ほしいまま》にしている観があった。

「さあ、まいるぞ」

卯三郎を背にしたがえて近づき、六尺棒を持った門番に家老への取次を頼む。約束もしておらぬゆえ、会ってもらえるかどうかはわからぬが、老驥庵で挨拶を交わした間柄でもあるし、なかば期待しながら門前で待たせてもらった。

しばらくすると、手足の長い四十前後の月代侍がやってきた。

「御膳奉行の矢背蔵人介どのであられるか」

居丈高《いたけだか》な態度で誰何されても、蔵人介は表情を変えない。

「いかにも、矢背蔵人介にござります」

「拙者《せつしや》、当家馬廻り役の腰塚宗四郎《こしづかそうしろう》と申す。当家家老に御用と伺ったが、生憎《あいにく》、留守にしておりましてな」

「さようですか、ならば日を変えてまた、お訪ね申しあげます」

「差しつかえなくば、拙者が代わりに御用を承ろう」

「いいえ、それにはおよびませぬ」

蔵人介はきっぱりはねつけ、謎掛けとも受けとられるような台詞《せりふ》を吐いた。

「ご家老さまご本人でなければ、お伝えできぬ内容ゆえ、ご容赦願いたい」

腰塚は眸子を細め、薄く笑った。

「ほう、本人にしか伝えられぬと仰せか」

「いかにも」

突如、殺気が膨《ふく》らんだ。

腰塚は微動だにせず、わずかに身を屈める。

蔵人介も同じ姿勢を取り、すっと半歩退いた。

相手の呼吸を外し、深々とお辞儀する。

「しからば、失礼つかまつる」

落ちついた口調で言い置き、腰塚にくるっと背を向けた。

足早に門前を離れ、将監橋の手前まで戻ったあたりで、卯三郎が声を掛けてくる。

「腰塚なる者、養父上とうりふたつの動きをしておりました。おそらく、居合を遣いますぞ」

「ふむ、かなりの手練《てだれ》とみた。島津と申せば、修める剣は抜即斬《ぬきそくざん》の示現《じげん》流とばかりおもうていたが、そうでもないようだな」

「あの者、調べてみる価値はありそうです」

残念ながら、調所笑左衛門とは会えなかった。来訪が伝わっていたのかどうかも怪しい。やはり、使いを出すべきであった。浅はかではあったが、ふいに訪ねたことで、おもいがけぬ拾いものをした。腰塚宗四郎はおそらく、こたびの一件に関して何らかの鍵を握っていよう。

卯三郎もそうおもったようだ。

「敵か味方かと申せば、敵でしょうな」

「まず、まちがいあるまい」

確たる根拠はなくとも、長らく密命に携わっていると、こういった勘がはたらくものだ。

ぐうっと、卯三郎の腹の虫が鳴いた。

おようの作るちぎり蒟蒻《こんにゃく》の煮染めでも、思い浮かべているのだろうか。

蔵人介は御納戸町へは戻らず、神楽坂《かぐらざか》の『まんさく』に立ち寄るつもりでいた。

「おぬしも、まいるか」

「はい」

誘ってやると、卯三郎は嬉しそうに従《つ》いてきた。

十

正午に近づくと、空がどんより曇ってきた。

ふたりは田安《たやす》御門までぐるりと巡り、二合半《ふたごうはん》坂を上ってみたが、日光山《にっこうさん》も富士山《ふじさん》ものぞむことはできなかった。そのまま牛込《うしごめ》御門を経て御濠を越え、勾配《こうばい》のある神楽坂を上っていく。

途中で横道へ逸れ、甃《いしだたみ》の小径《こみち》を軽子《かるこ》坂のほうへ向かった。

しばらく進むと、四つ目垣に囲まれた仕舞屋《しもたや》に行きあたる。

そこに、おようの営む『まんさく』という小料理屋があった。

蔵人介にとっては隠れ家のようなところで、亡くなった実父の孫兵衛が以前は板場に立っていた。孫兵衛は忠義一筋に生きた天守番であったが、隠居したあとは御家人株を売り、おようの伴侶となって小料理屋の亭主におさまったのだ。

月命日を避けたのは、湿っぽくなりたくなかったからでもある。

美人女将《おかみ》のおようは、若い時分は柳橋《やなぎばし》の売れっ子芸者だったらしい。

暖簾《のれん》を振りわけて敷居をまたぐと、いつもの笑顔が出迎えてくれた。

「お待ちしておりましたよ。さあ、こちらへ」

おようの笑顔は正月にほころぶ金縷梅《まんさく》のようだが、床几《しょうぎ》に飾ってあるのは白い柊《ひいらぎ》の花だった。

ぎざぎざの葉ではないので、老木の枝であろう。

板場と対座できる床几に横並びで座ると、吉野《よしの》杉の香る燗酒《かんざけ》が出された。

小鉢にはちぎり蒟蒻の煮染め、味を知る卯三郎はごくりと唾を呑みこむ。

「お見えになるのは、ひと月半ぶりになりましょうか」

昨日のような気もするが、言われてみれば、それだけの日数が経っている。

最後に連れてきた相手は、誰あろう、前老中の水野越前守忠邦であった。

土蜘蛛《つちぐも》党なる無頼《ぶらい》の浪人集団から命を救ってやり、原宿《はらじゆく》村の下屋敷から西御丸《にしおまる》下《した》の上屋敷へ逃げる途中、この店で匿《かくま》ってやったのだ。

「あのときは、鴨肉の網焼きを千住葱《せんじゆねぎ》とからめて出してもらった」

「熱々の餡《あん》かけ豆腐も」

「そうそう、餡かけ豆腐の味が忘れられぬと、かの御仁は喜んでおられたわ」

かの御仁の正体を察しながらも、おようはいっさい詮索しなかった。今でもそうだ。余計なことは言わず、美味しい酒と肴《さかな》だけを絶妙の間合いで出してくれる。

父が惚れたのもよくわかると、蔵人介はいつもおもう。

おようのもとを訪れるのは、父の温もりを思い出すためでもあった。

卯三郎と料理に舌鼓を打っていると、表口にめずらしい客があらわれた。

「お邪魔いたします」

公人朝夕人の伝右衛門である。

誘っても拒むかとおもいきや、おようの手料理を一度食べてみたいと応じてくれた。

「さ、こちらへ」

伝右衛門は誘われ、蔵人介と卯三郎のあいだに座る。

さっそく、下りものの諸白《もろはく》が出され、三人で盃をあげた。

「ふふ、串部どのが羨《うらや》ましがりましょうな」

楽しそうな伝右衛門には、平皿で真子鰈《まこがれい》の煮付けが出された。

卯三郎は煮汁で炊いたおからをご飯に乗せ、必死の形相《ぎょうそう》でかっこむ。

「美味《うま》い。まことに美味い」

心の底から発したのは、伝右衛門のほうだ。

さらに、このしろの粟漬けやら寒鮒《かんぶな》の甘露煮やら、毒味の膳にはけっして並ばぬような品々がつづいた。

「ところで、御役目のはなしにござる」

腹も落ちついたところで、伝右衛門がおもむろに漏らした。

およう は気を利かせ、すうっと奥へすがたを消してしまう。

暖簾をあげていないので、ほかの客が闖入《ちんにゅう》してくる心配もない。

「島津家のなかには、ここ数年にわたって、陰に日向《ひなた》に跡目《あとめ》争いが繰りひろげられております」

斉興の長男斉彬《なりあきら》は名君の器量を備えた人物と評されていたが、先々代の重豪に似て浪費癖があり、斉興から敬遠されていた。代わりに嗣子として浮上しているのが三男の久光《ひさみつ》で、斉彬より八つ年下の久光は手堅く藩政を進めてくれるものと期待され、藩内は斉彬派と久光派のまっぷたつに割れているという。

長子相続の原則からすれば、斉彬で文句の出ないところだが、何しろ、藩主の斉興と家老の調所が反対の立場を公然と表明しているため、つぎの藩主は久光になるのではないかとの臆測が今は大勢を占めていた。

「斉彬派で急先鋒のひとりと目されるのは、江戸定番《じょうばん》で次席家老の長谷部《はせべ》雅楽《うた》にございます」

調所が家老に抜擢されるまでは、藩財政を一手に任されていたらしい。ところが、御用商人との蜜月を指摘され、贅沢な暮らしぶりが下士たちからも反感を買った。一門に次ぐ家柄だけに罰せられもせず、格下げにもならなかったが、嫉妬深い性分ゆえか、財政再建で脚光を浴びた調所のことを目の敵《かたき》にし、あわよくば足を引っぱってやろうと狙っているのだという。

「長谷部と蜜月の商人こそが、万寿屋松十なのでございます」

「なるほど、調所さまに恨みを持つ者同士、強い絆《きずな》で結ばれておるというわけか。ところで、馬廻り役の腰塚宗四郎なる者に聞きおぼえはないか」

蔵人介の問いに、伝右衛門はふっと微笑む。

「腰塚は長谷部の子飼いにございます。島津家の者にしてはめずらしく、片山伯耆《かたやまほうき》流の遣い手とか」

「やはりな」

「もしや、対峙《たいじ》なされましたか」

「ついさきほど、御上屋敷の表御門でな。こちらの素姓を知られたゆえ、何らかの動きがあるやもしれぬ」

伝右衛門はうなずき、平板な口調でつづけた。

「血文字の訴状についても、おそらく、長谷部たちが絡んでおりましょう」

「どう絡む。おぬしの見立ては」

「いまだ筋書きを描くことはできませぬが、妙なはなしがひとつ」

「教えてくれ」

蔵人介が身を寄せると、伝右衛門は声を落とす。

「一年前の河口堰普請、当初は幕府より佐土原《さどわら》藩へ打診があったそうです」

佐土原藩二万七千石は、薩摩藩の支藩である。ところが蓋を開けてみれば、普請を負担したのは飫肥藩を治める伊東家のほうだった。しかも、普請に掛かった二万両はすべて万寿屋からの借金で賄《まかな》われた。河口堰の修繕普請に関して、交渉の矢面《やおもて》に立たされたのは、江戸留守居役の柴原甚右衛門にほかならない。

「大金を借りうけたとはいえ、無事に普請はやり遂げた。ならば何故、柴原甚右衛門は腹を切らねばならなかったのか。幕府が佐土原藩の陳情を聞かざるを得なかったのは、本藩の威光を慮《おもんぱか》ってのこと。家老の調所笑左衛門が辣腕《らつわん》を振るい、支藩の窮状を救ってやったとも噂されております。柴原はその噂を信じ、調所を逆恨みした。島津にたいする積年の恨みもあり、理不尽な一連の経緯に我慢ならなくなった。ついには血文字の訴状を綴って目安箱に投じ、腹を切ったとの臆測も成りたちましょう」

「されど、調所さまと柴原どのは友と呼ぶべき親しい仲であった。しかも、血文字の訴状は何者かに細工されたものだ。となれば、おぬしの言う筋書きは成立しなくなる」

「いかにも。誰かが調所笑左衛門を陥《おとしい》れるために、都合のよい筋書きをつくったとしかおもえませぬ。されど、そうであったとしても、柴原甚右衛門が腹を切った理由は判然といたしませぬ」

切腹が無念腹であったとすれば、柴原は何にたいして腹を立てたのか、肝心なところがわからぬという。

蔵人介は白磁《はくじ》の盃をもてあそび、じっと考えこんだ。

「本来は佐土原藩へ下されるべき普請を、よりによって犬猿の仲である隣の飫肥藩が請けおうこととなった。幕命とは申せ、理不尽なはなしだ。いかに小藩といえども、柴原どのが無条件で負担を請けおったとは考えられぬ」

請けおう藩が確たる理由もなく替えられた経緯を、これこれしかじかと公儀に訴えでれば、薩摩本藩の非を表沙汰にすることもできぬ相談ではなかろう。

柴原は交渉の席で強気に出たのだと、蔵人介はおもった。

普請を請けおう見返りに、幕府側から何らかの条件を引きだしたとしたら、どのようなことが考えられようか。

「わかりませぬ。ただ……」

伝右衛門は首を振りながらも、別の見方を口にする。

「……双方で約束の交わされた前提が何かあったとして、普請ののちに幕府側が格別の理由もなく約束を果たさなかったとすれば、どうなりましょうか」

「交渉をまとめた留守居役が、腹を切る理由にはなろうな」

飫肥藩の留守居役と幕府重臣とのあいだで、いずれにしろ、何らかの約束が交わされたにちがいない。

「おそらく、飫肥藩が飛びつきたくなるような内容でしょう」

普請を請けおう決め手となった約束は何だったのか、早急に調べる必要がある。

「あの御仁なら、ご存知かもしれぬ」

蔵人介のつぶやきに、すかさず、伝右衛門が応じた。

「調所笑左衛門さまですな」

「やはり、正面から問いをぶつけてみるか」

ふいに、はなしが途切れた。

耳を澄ませば、雨音が聞こえてくる。

伝右衛門は礼も言わず、幽霊のように見世《みせ》から消えた。

おようが奥からすがたをみせ、新しい燗酒をつけてくれる。

卯三郎は食べすぎたのか、かたわらでうとうとしかけていた。

「時雨忌か」

蔵人介は悲しげに漏らし、盃をかたむけた。

泰平踊《たいへいおどり》

一

二日後、神無月十四日。

夕餉の毒味御用を終えたころ、蔵人介は御納戸口に近い老中の控え部屋に呼ばれた。

おおやけに執務をおこなう上御用部屋ではなく、控え部屋というところが秘密めいている。十畳ほどの部屋でひとり待っていたのは、福々しい頰の阿部伊勢守にほかならない。

このところはずいぶん冷えるため、長火鉢がでんと設《しつら》えてあり、銅壺のうえに載せられた鉄瓶が湯気を吹いている。鉄火箸で灰文字を書く阿部の仕種は、権謀《けんぼう》術策《じゅつさく》を弄《ろう》するかつての水野忠邦を彷彿《ほうふつ》とさせた。

「もそっと近《ちこ》う」

若い老中は、親しげに手招きしてみせる。

蔵人介は中腰で畳を滑り、長火鉢の手前で平伏した。

「伊勢守さま、お呼びにござりましょうか」

「ほかでもない、血文字で綴られた訴状のことじゃ」

「畏れながら、いまだ探索の途上にござります」

「ならば、それ以上の探索は無用にいたせ」

「えっ」

「さるお方からのお指図でな、早晩、調所笑左衛門を蟄居《ちっきょ》させることと相成《あいな》った」

頭を混乱させながらも、蔵人介は畳に手をついたまま顔をあげない。

阿部は育ちの良さが滲《にじ》みでるような声で、のんびりと喋りつづける。

「余が大目付《おおめつけ》に指図いたせば、島津屋敷へさっそく使者が差しむけられ、そののち、斉興公より調所に切腹の命が下されよう。もはや、公儀《こうぎ》には手の施しようがなかろうというもの。鬼役の力をみせてもらう好機であったが、こればかりは詮方あるまい」

——私情を排し、鬼にならねばならぬ。

蔵人介は俯いたまま、卯三郎に発したみずからのことばを反芻《はんすう》する。

「ひとつ、お伺いしてもよろしゅうござりますか」

「ん、何じゃ」

「かの訴状、調所さまを陥れるべく、何者かが意図して作ったものやもしれませぬ。その証しが立てられたとしても、探索は無用と仰せにござりますか」

「無用と言うたら、どういたす」

あきらかに、声質が変わった。表情も険しくなったにちがいない。

蔵人介は畳から手を離し、くいっと顔を持ちあげる。

「探索無用の御命、承服いたしかねまする」

たとい相手が老中であろうとも、御命が誤っていると感じたときは、堂々と意見せねばならぬ。そう、卯三郎にも言った。無論、口に出すことばには命を懸けている。意見が通らぬときは、腹を切らねばならぬと、蔵人介は本気でおもっていた。

本気のおもいは身分の差を超え、相手の胸に届くものなのだろう。

阿部は尋常ならざる気配を察したのか、鉄火箸を握ったまま身を反らせた。

蔵人介は毅然と言いはなつ。

「件《くだん》の訴状が偽物《にせもの》ならば、畏れ多くも公儀の沽券《こけん》を傷つける重罪にござりまする。これを見過ごしたとあっては、大権現家康公もさぞやお怒りになられましょう。ことは家老ひとりの処遇に止まりませぬ。隠された悪事を放置するか否か、問われておるのは公儀の姿勢にござりまする」

大見得《おおみえ》を切ると、阿部は肩の力を抜き、長々と溜息を漏らす。

「手厳しいのう。さすが鬼役、噂どおりの石頭とみえる。意見が通らねば、腹を切るつもりか。いいや、それだけではあるまい。理不尽な命を下されたときは、命を下した者の首を獲る。それこそが矢背蔵人介じゃと、水野越前守さまも仰せになったわ」

「水野越前守さまが」

「驚いたか。おぬしを余に推薦したのは、水野さまなのじゃ。そして、こたびの件で余を翻弄《ほんろう》なさるお方は、姉小路さまにほかならぬ」

家慶直々の密命に横槍《よこやり》を入れてくるとすれば、やはり、大奥を牛耳る姉小路しかいない。

「血文字の訴状を知る者は、余とそちを除いてほかにはおらぬ。何者かが姉小路さまのお耳に入れたのじゃ。おそらく、訴状を作った本人であろう。そちの申すとおり、あの訴状は調所笑左衛門を陥れるために作られたものやもしれぬ。されど、そのことを証し立てする術《すべ》はない」

頭の切れる殿さまだと、蔵人介はおもった。

阿部はにやりと笑う。

「如心尼さまのことは気づいたか」

「はっ、いたってご壮健《そうけん》のご様子」

「この一件、如心尼さまを通せば、姉小路さまもつぶさに事の次第をお知りになられよう。そうなると、ちと公正を欠く裁きになるやもしれぬとおもい、余がみずから判断したのじゃ」

阿部は姉小路に不審を抱いていたがために、独断でこたびの件から如心尼を外したのだという。懸命な判断だったと言うべきかもしれない。

「姉小路さまのご贔屓《ひいき》がなくば、余はこの部屋に座っておらぬ。山よりも重い恩義があるのは確かじゃが、恩義や情で御政道を正すことはできぬし、してはならぬとおもうておる。それにしても困ったものよ。やはり、姉小路さまは何者かに耳打ちされたのであろう。目安箱の訴状に記された者は罪人として裁かれねばなりませぬとな」

おそらく、黄金の餅が敷きつめられた菓子箱でも渡されたのであろう。側近の局《つぼね》に耳打ちされ、そうせいとでも言ったのかもしれぬ。いずれにせよ、金轡《かなぐつわ》を嵌《は》められた権力者のひとことで大藩の政事《まつりごと》を担う人物が裁かれるのだとすれば、やはり、大権現家康《だいごんげんいえやす》公に合わせる顔はない。

「もはや、この国は終わりであろうな」

と、阿部も自嘲《じちょう》してみせる。

「どうじゃ、おぬしの腹のなかは、そんなところではないのか」

畏れいった。まさに、指摘されたとおりだ。

「されどな、余はおぬしを信じきるほどのお人好しではない」

ぎろりと、阿部は睨みつけてくる。

「姉小路さまは仰せになった。こたびは裏ではなく、表を動かせとな。よって、表の大目付にも、調所笑左衛門の身辺を調べよと指示を下さねばならぬ。猶予《ゆうよ》は三日しかないぞ。三日のうちに、どうにかいたせ。島津家の家老を救いたくば、まことの悪党どもを炙《あぶ》りだし、すべてを闇から闇へ葬らねばならぬ。できるのか、おぬしに」

蔵人介は平伏した。

「それは上様の御命と心得て、よろしゅうございますか」

「よい。鬼役として、邪智奸佞《じゃちかんねい》の輩《やから》を始末せよ」

「ははっ」

阿部伊勢守の瞳が冷たく光った。

年若い老中の老獪《ろうかい》な話術に嵌められたような気もするが、蔵人介はともかくも猶予を与えてくれた度量に感謝するしかなかった。

二

真相を暴く近道は調所笑左衛門に会い、柴原甚右衛門に託された書状の中身を教えてもらうことかもしれない。

蔵人介は志乃に頼み、老驥庵《ろうきあん》へ再度招くことを考えついた。

志乃はいざとなれば、泰然と構えて動じない。こちらの焦りを察してか、ありがたいことに、招かざるを得ない理由を質《ただ》そうともせず、蔵人介が点前畳に座ることを許してくれた。

しかしながら、忙しい調所が三日以内に来てくれるかどうかの保証はない。

使者に向かわせた串部も直に本人には会えず、明確な返事を携えてくることはできなかった。

期限一日目の夕陽も落ちかけたころ、御納戸町の屋敷を訪ねてくる者があった。

「柴原佳代《かよ》さまというお方がおみえです」

応対に出た幸恵に名を告げられても、にわかにはおもいだせない。

玄関に向かってみると、腹の大きな武家の妻女がお辞儀をしてみせた。

「そなたは柴原家の」

「はい、嫁にござります。突然の来訪をお許しください。じつは、夫が……」

そう言いかけ、佳代は三和土《たたき》に蹲《うずくま》ってしまう。

蔵人介は駆け寄り、身重《みおも》のからだを抱きあげた。

「幸恵、居間に床をのべよ」

「はい、ただいま」

真新しい褥《しとね》に寝かせてやると、意識を失いかけていた佳代が目を開けた。

「お腹のほうは大丈夫」

幸恵のことばに安堵したのか、佳代は涙ぐむ。

「……ご、御迷惑をおかけいたします」

「何の、気にいたすでない。馴《な》れぬ道程を急いでまいったのであろう」

傷ついた足の指をみれば、平川町の藁店から一心不乱に歩いてきたことがわかる。孕《はら》んだ身にとっては遠すぎる道程だし、勾配のきつい浄瑠璃《じようるり》坂を上るのも難儀《なんぎ》だったにちがいない。おもいつめた事情の深刻さが容易に予想できるというものだ。

「さ、お白湯《さゆ》を」

幸恵が背中を抱いてやると、佳代は半身を起こし、温《ぬる》めの白湯をごくごく呑んだ。よほど喉が渇いていたのであろう。呑み終えてほっと息を吐き、小鼻をひろげて懸命に喋りだす。

「ご弔問にお越しいただいた矢背さまをお頼りする以外に、よい思案が浮かびませんでした。それゆえ、ご迷惑も顧《かえり》みずに伺った次第にござります」

「ふむ、それはわかった。して、甚一郎どのがどうなされたのだ」

「昨晩から帰っておらず、置き文が残してありました」

「置き文には何と」

「すまぬ、武士の一分を立てねばならぬと、走り書きで記されておりました」

「武士の一分だと」

「はい」

蔵人介は思案しながら、低く唸った。

「御母堂はどうしておられる」

「義母《はは》は項垂《うなだ》れ、致し方ないとつぶやくばかりにござります」

「行く先に心当たりは」

「ありませぬ。ただ、義父《ちち》の仇《かたき》を討ちたいのだとおもいます。武士の一分を立てるとは、おそらく、そういうことではないかと」

まちがいあるまい。ただ、甚一郎は仇が誰かわかっているのだろうか。

「藩邸を逐われた直後から、夫は魂を抜かれたも同然となりました。笑いを忘れ、ことばすら失ってしまったかのようで。無理もござりませぬ。みずからの手で義父の首を落としたのですから」

義母ともども、腫れ物に触るように放っておくしかなかったという。

「ひとつだけ再生の希望があるとすれば、お腹に宿るこの子しかない。この子のためにも、どうにかご自分を取り戻していただきたいと、いつも祈っておりました」

佳代の祈りも虚《むな》しく、甚一郎は出ていってしまった。

「わたくしは、あきらめきれませぬ。わずかな伝手《つて》をたどってでも夫を捜しだし、何とか踏みとどまってもらえぬものか、義母やわたくしや生まれる子とともに生きながらえてはもらえぬものかと、ことばを尽くして説きたいのでございます。武家の妻として、やってはいけないことかもしれませぬ。されど、わたくしはどうしても、夫を失いたくないのでございます」

必死の訴えに絆《ほだ》されたのか、気丈《きじょう》な幸恵も涙ぐんでしまう。

ふと、気づいてみれば、襖の内に志乃が立っていた。

「おはなしは伺いました。蔵人介どの、命を懸けたご細君《さいくん》のおもい、汲《く》んでさしあげねばなりませぬぞ」

「はあ」

生返事はしたものの、妻でもわからぬという行方を捜すのは難しかろう。

何か手掛かりはあるまいかと、藁をも摑むような眼差しを向けると、以心伝心、佳代がぼそりと漏らした。

「そう言えば、夫には師と頼んだお方がおられます」

「ん、どなただ」

「安井息軒《やすいそっけん》さまであらせられます」

学問を志す者ならば、知らぬ名ではない。

飫肥藩の藩政にも深く関わる儒者である。

剣術より学問を好む甚一郎は安井息軒を師と慕い、一時は私塾に通って教えを請うていたらしかった。ここ数年は役目に没頭して通う暇もなかったので、佳代は失念していたのである。

志乃が言った。

「ご高名な儒者の噂ならば、聞いたことがあります。たしか、麻布《あざぶ》のほうで私塾を営んでおられるかと」

麻布永坂町《ながさかちょう》の三計塾《さんけいじゅく》だなと、蔵人介は察した。

「今から訪ねてみるしかあるまい」

志乃に言われずとも、蔵人介は腰を持ちあげている。

すかさず、幸恵が別の部屋から大小を携えてきた。

佳代は褥から身を外し、畳のうえに三つ指をつく。

串部は探索で出払っており、供人《ともびと》はいない。

蔵人介は三人の女に見送られ、急いで屋敷を飛びだした。

三

麻布の飯倉片町《いいぐらかたまち》と宮下町《みやしたちよう》を結ぶ永坂は、その名のとおり、江戸でも屈指と言われるほどの長い坂だ。坂の途中には『布屋太兵衛《ぬのやたへえ》』という信州更科《しんしゆうさらしな》蕎麦の名店があり、秘かに訪れてみたいとはおもっていた。

すでに坂の周辺は暗く、それらしき蕎麦屋の店先もひっそり閑《かん》としている。

坂を下りていくと左手に三田《みた》稲荷の鳥居がみえ、参道に隣合わせた町人地の角に三計塾をみつけた。

安井息軒は父の代から飫肥藩に仕える儒官《じゆかん》であったという。幼少の頃に天然痘《てんねんとう》に罹《かか》ったせいで顔に痘痕《あばた》が残り、右目も潰れてしまった。容貌《かお》のせいで酷《ひど》い仕打ちも受けたが、刻苦勉励《こつくべんれい》のすえに江戸へ出て、幕府の昌平坂《しようへいざか》学問所で学び、一度は故郷に戻って藩主祐相《すけとも》公の学問係に任じられた。そののち、ふたたび江戸へ戻り、昌平坂学問所の斎長《さいちよう》を経て私塾を開き、数多《あまた》の塾生を抱えるほどの人気を博すようになった。

——一日の計は朝にあり。一年の計は春にあり。一生の計は少壮の時にあり。

三計塾の由来や息軒に関する出自などはすべて、のちに知った内容である。優れた儒者であるとの評判は知っていたので、蔵人介はわずかに気後《きおく》れのするおもいを感じた。

おもいきって表口に近づき、板戸を遠慮がちに敲《たた》いてみる。

しばらくすると、脇の潜り戸から灯りが漏れ、十五、六の娘が顔を出した。

「どちらさまでございましょうか」

きちんとした物言いにたじろぎながらも、蔵人介は素姓を告げる。

しばらく待たされたのち、潜り戸から内へ誘われ、玄関に近い部屋へ案内してもらった。

すぐさま、禿頭《とくとう》で隻眼《せきがん》の人物があらわれる。

息軒にちがいない。

後ろから、さきほどの娘が茶を運んでくる。

娘が居なくなると、息軒のほうから喋りかけてきた。

「あれは三女の登梅《とめ》にござります。将軍家の御毒味役さまがみえましたと、目を丸くしておりましたが、何か粗相はござりませなんだか」

「ご心配にはおよびませぬ。しっかりしたお嬢さまであられる」

「はは、しっかりしすぎて、嫁の貰い手もござりませぬ。そもそも、私塾の娘を貰ってくれる殊勝者《しゅしょうもの》など、そうそうおりませぬゆえ。ところで、本日はどのような」

「柴原甚一郎どののことでまいりました」

「ん、甚一郎の」

息軒はあきらかに狼狽《うろた》え、困惑した表情になる。

蔵人介はつづけた。

「昨晩、置き文を残して家から居なくなったそうです。困り果てたご妻女が身重のからだで浄瑠璃坂を上り、さきほど、御納戸町にあるわが家を訪ねてこられました」

「何と、身重の妻女が浄瑠璃坂を……されど、何故、矢背さまのもとへ」

「ほかに頼るところがなかったと仰いました。それがしは先日、お父上の弔問に伺ったのです」

「御留守居役の柴原さまには、たいへんお世話になりました。あのような最期を遂げられたこと、返す返すも口惜《くちお》しゅうござります。弔問にはまっさきに伺わねばならぬところでしたが、拙者なりにおもうところがあり、今日まで遠慮させていただいておりました。されど、甚一郎め、いったい何処へまいったのか」

「心当たりはござりませぬか」

「残念ながら」

と言いつつも、息軒は顔を曇らせる。

何か知っているなと、蔵人介は見抜いた。

茶碗に手を伸ばし、冷めかけた茶を啜る。

「甚一郎どのは、こちらで学ばれておられたのでしょうか」

「はい、幼い頃から通っておりました。剣術よりも学問のほうが性に合っており、論語《ろんご》や孟子《もうし》などを誰よりも熱心に学んでおりました。将来は飫肥藩を背負ってたつにちがいないと太鼓判を押したところ、お父上はたいへんお喜びになっておられた。それがあのようなことに……」

蔵人介は茶碗を脇に避《よ》け、膝を乗りだした。

「何処の馬の骨ともつかぬ初対面の者を、信じてほしいとお願いするのは無理がござりましょう。承知しております。正直に申しあげれば、それがしはさるお方に命じられ、柴原どのが切腹せざるを得なかった真相を調べておるのです。されど、仇討ちに走ったとおぼしきご子息を救いたい気持ちはまことにござる。安井息軒どの、腹を割っておはなしいただけぬか」

じっとみつめると、息軒は左目を光らせた。

「澄んだ瞳じゃな」

「えっ」

「瞳をみれば、善人か悪人かの判別はつきます。四十年余り生きてきたなかで、何千という人の面相を拝んでまいりましたからな。よろしい、拙者が存じておることをお教えいたそう」

息軒は冷めた茶で舌を濡らし、重い口を開いた。

「五年前のはなしにござる。増上寺の伽藍《がらん》を修復する作事《さくじ》の入札《にゅうさつ》があり、万寿屋なる飫肥藩の御用商人が首尾よく落札いたしました」

修復には飫肥産の檜や杉が使用され、作事は滞りなく終了したかとおもわれたが、蓋を開けてみれば由々《ゆゆ》しい出来事が起こっていた。何度かおこなわれた御用材の海上輸送において、遠州灘《えんしゅうなだ》で大時化《おおしけ》に見舞われた船が一艘《そう》あり、水夫《かこ》たちの命を守るために御用材が海に投棄されていたのである。

人命を守るためとはいえ、御用材の投棄などはもってのほか、本来ならば同乗の役人も水夫も腹を切らねばならぬ。ところが、飫肥藩は藩主祐相の恩情から右の事実を表沙汰にせず、関わった者たちを内々に叱っただけで済ませていた。

「何故か、幕府の重臣が事のあらましを知っていた。新たに河口堰の普請を課すにあたって、五年前のはなしを蒸し返し、不問にしてほしくば普請を請けおうようにと迫ったのではあるまいか。それゆえ、交渉の矢面に立たされた柴原さまは諾《だく》するしかなかったのだと、拙者はさような筋書きを描いております」

蔵人介は問うた。

「河口堰の普請は当初、佐土原藩に命じられた。そのことはご存知でしょうか」

「存じております。佐土原藩もふくめて、島津家とわれら伊東家は誰もが知るとおり、犬猿の仲にござります。よりによって、何故に憎き相手の尻拭いをせねばならぬのかと、柴原さまはさぞや口惜しいおもいを抱いたにちがいあるまい」

「されど、涙を吞んで普請を請けおい、どうにか無事にやり遂げた。にもかかわらず、柴原どのは腹を切っておしまいになった。何故でしょうな」

「幕府とのあいだで、何らかの約束事があったのでしょう。されど、だいじな約束を反故《ほご》にされ、無念腹を切らざるを得なくなった。さような筋書きを描くことはできるが、肝心の約束が何であったのか、拙者にはわかりかねる」

息軒は私塾を開いて以降、藩を離れて久しい。かえって、藩を離れているからこそ、さまざまな知己《ちき》や弟子を頼って、核心の中身を探しあてたのだろう。

「じつは、祐相公から内々に探索を命じられておりました。柴原甚右衛門ほどの忠義者はいない。きっと、藩の行く末をおもい、一身に責を負うべく腹を切ったに相違ない。真相もわからぬままに、柴原家を改易とするのは忍びない。それゆえ、何とか助けられる道筋を探してほしいと、祐相公は涙まで浮かべておられたのです」

幕府の奏者番まで務める一国の藩主に、なかなか言える台詞ではなかろう。内々に命を下された息軒が死に物狂いで探索にあたっているのは容易に想像できた。

「御用材を海に捨てたはなし、幕府の重臣に告げたのは万寿屋以外に考えられませぬ。飫肥藩に二万両を貸しつけることのほかに、おそらくは、もっと大それた狙いがあったのでござろう」

大それた狙いの中身を、息軒はさすがに知らぬようだった。

島津家の屋台骨を支える調所笑左衛門を陥れる。そのために、敵対する小藩の家老に腹を切らせたのだと説くべきかどうか、蔵人介は迷った。そうなれば、血文字の訴状についても詳細を語らなければならぬ。やはり、口を噤《つぐ》むしかなかった。公方の密命を課された者としては、ここまでが限界なのだ。

「近頃、当家の周辺にも、怪しい風体《ふうてい》の者がうろつくようになりました。ひょっとしたら、甚一郎はその者を捕らえ、真相らしきものを聞きだしたのかもしれませぬ」

父の仇を捜しあてたのだろうか。

いずれにしろ、最初に狙うとすれば、万寿屋松十であろう。

息軒は大きく溜息を漏らす。

「こたびの件も、島津家との確執に端を発しているものとおもわれます。少なくとも、悪党どもはそのことを利用し、自分たちの目論見《もくろみ》通りに事をはこぼうとしている」

島津家との溝を埋めるのは難しいことだが、学問という共通の目的があれば、藩を飛び越えて誰もが友情を育むことはできる。

「それがしは、そう信じております。飫肥の国元には、泰平踊というものがござってな、これが一風変わった盆踊りで、毎年、若い藩士たちが殿の御前で踊りを披露いたします」

菅笠《すげがさ》で顔を隠した藩士たちが、武芸の身振りで無骨《ぶこつ》に踊る。最初は珍奇な見世物と馬鹿にして観るのだが、次第にぐいぐい引きこまれていくのだという。

「島津の連中と見栄を張りあっても、何ひとつ得られるものはない。みなで仲良く盆踊りを踊れる日が、一刻も早く訪れてほしい。それは、祐相公が仰せになったおことばだそうです。何を隠そう、以前、柴原さまから伺ったのですよ」

柴原が調所と育んだ友情は、両家が和解するための活路となり得たかもしれない。

蔵人介は息軒のはなしに感じ入り、甚一郎はかならず捜しだしてみせると約した。

初対面の者同士で再会を誓いあったのち、後ろ髪を引かれるおもいで三計塾をあとにしたのである。

四

二日目の夕刻、蔵人介のすがたは蔵前にあった。

串部とともに、物陰から『万寿屋』の様子を窺っている。

「甚一郎どの、あらわれますかね」

「わからぬ」

「すでに、捕まっておるのかもしれませぬぞ。あるいは、用心棒どもにばっさりやられてしまったとか」

「縁起でも無いことを言うな」

ふたりの吐く息は白い。通りを行き交う人影はまばらで、殺気を帯びた月代侍の気配はなかった。

「明日じゅうには、決着をつけねばなりませぬ。いざとなれば、万寿屋を拐《かどわ》かすしかありませぬな」

真相を知るためならば、やむを得まい。そのための張りこみでもあったが、行動を起こすとすれば夜の帷《とばり》が降りてからになろう。

「しかし、飫肥藩の無骨な盆踊り、観てみたいものですな」

「藩士の子弟は幼いころから、上の連中に教わって踊りをおぼえるそうだ。それが武芸の稽古にもなるという」

「ほう、それほど激しい動きなのですか」

激しいというよりも、めりはりのある単純な動作を何刻にもわたって繰りかえす。腰を屈めて素振りを繰りかえすようなもので、なるほど、剣術の修行に通じるものがあるのかもしれない。

来年の盆までには忘れているかもしれぬが、蔵人介も観てみたいものだとおもった。

一刻《いっとき》(二時間)ほど待ってみたが、やはり、甚一郎らしき人影があらわれる様子はなかった。

串部を残して家に戻ると、おもいがけない相手が前触れもなく訪ねてきた。

調所笑左衛門である。

こちらが望んでいる以上に、調所のほうが会いたがっていたらしい。

従者もともなわず、お忍びで宿駕籠《しゅくかご》に揺られてきたのだ。

志乃は気を利かせて迎えに出ず、直に庵のほうへ招きいれた。

点前畳には蔵人介が座り、地炉には炭を入れ、茶釜を沸かしてある。

床の間の壁にはいつぞやと同じく「老驥伏櫪」の軸が掛けられ、花入れには神楽坂の『まんさく』に飾ってあった柊が挿されていた。

調所が客間に落ちつくのを待ち、あらためて挨拶をする。

「ようこそ、お越しくだされました」

「お招きに与《あずか》り、ありがとう存じます。近々、こうしてお会いできるやもしれぬと、秘かにおもうておりました。気の利く門番によれば、芝新馬場の当家へもお越しいただいたとのこと、その節は当家の馬廻りが取次もせず、御無礼つかまつった」

よどみなく喋り、調所はにっこり微笑む。

蔵人介は背筋を伸ばし、惚れ惚れとする物腰で茶を点てはじめた。

調所は天目茶碗をかたむけて抹茶を飲みほし、ほっと安堵の溜息を吐く。

蔵人介はさっそく、寛《くつろ》いだ調子で語りはじめた。

「すでにお察しかもしれませぬが、お呼びたて申しあげたのは、柴原甚右衛門どのが切腹にいたった経緯を伺いたかったからにござります」

「おおかた、そうであろうとはおもっておりました。柴原どのの死は、どう考えても納得がいかぬ。されど、おはなしするまえに、はっきりさせておきたい。矢背どのは公儀の隠密であられるのか。隠密ならば、どなたの御命で動いておられるのでござろうか」

「まことに勝手ながら、詳しいことは申しあげられませぬ。ただし、老驥庵の名にかけて、けっして調所さまや貴藩に害をなそうとする者ではありませぬ。どうか、ご信じいただきたい」

「かしこまった。信じ申しあげよう」

「えっ、よろしいのですか」

調所が即応してくれたので、驚くとともに感謝の気持ちでいっぱいになる。

「かたじけのうござります」

「老驥庵のご主人に感謝なされよ。それがしは今、針の筵に座らされております。

藩政を蝕《むしば》もうとする敵の顔も、はっきりと浮かんでくる」

「次席家老の長谷部雅楽、それから、かつて貴藩の御用達だった万寿屋松十にござりますな」

「馬廻り役の腰塚宗四郎もふくめて、三人にござる。きゃつらめは、この皺首《しわくび》を狙っておるらしい」

調所は自嘲しながら、首の後ろをぱしっと叩く。

「ただ、今のところ、闇討ちにする気はないようだ。この身をおおやけに断罪し、姑息《こそく》にもわが殿の信を得ようとしている節《ふし》がござる」

「これをご覧いただけましょうか」

蔵人介は懐中から一枚の訴状を取りだす。

調所は訴状を開き、さっと目を通した。

「血文字の訴状にござります。それが目安箱に投げこまれておりました」

「えっ、まことにござるか」

目安箱の訴状を閲覧《えつらん》できる人物は誰か、調所とて知らぬはずはない。それゆえ、さすがに動揺を隠しきれない様子だった。

「調所さまを断罪すべき理由が綿々と書きつらねてござる。しかも、綴った者として銘記された姓名は、柴原甚右衛門にござります」

調所は覚悟を決めたのか、眉ひとつ動かさない。

「なるほど、それで矢背どのが動いておられるのか。されど、血文字の訴状など、柴原どのが書くはずがござらぬ」

「承知しております。だいいち、筆跡がご本人のものではない。ただし、それを証し立てするには、訴状を作った者が誰かを明らかにせねばなりませぬ」

長谷部雅楽や万寿屋が画策したにしては、ずいぶん手が込んでいる。

調所は眸子を細め、静かに語りはじめた。

「おぼろげながら、はなしの筋がみえてまいりました」

「是非とも、お伺いしたい」

調所は柴原の弔問に伺った際、妻女から形見分けとして渡された書状を読み、柴原が切腹にいたった経緯を知ったという。

「飫肥藩は佐土原藩の代わりに、幕府の高官から河口堰の修復普請を打診された。その仲立ちになったのが万寿屋松十にござりました」

交渉の矢面に立った柴原は生来の一徹者、生半可《なまはんか》なことでは首を縦に振らなかった。幕府のほうも一度は佐土原藩に打診した手前、幕命を盾に取ることは容易ではない。しかも、事は急を要していたため、幕府側から条件の提示があったという。

「普請を請けおう前提として、五年前に御用材を海へ投棄した件を不問にするとの提示がまずなされたようでござる。されど、それだけではなかった。御留守居役の柴原どのが膝を乗りだすような内容が提示された」

「その内容とは」

「藩主祐相公を寺社奉行兼帯の奏者番へ格上げといたす旨《むね》、各所へ根回しをするとの確約にござる」

それは飫肥藩あげての悲願でもあったし、格上げを促すために各所へ金品を献上したりもしていたので、幕府のしかるべき重臣から好条件が提示された以上、普請を請けおわぬわけにはいかなくなった。

正式な書面を交わしたわけではなかったが、柴原は重臣のことばを信じ、二万両の普請を藩に認めさせたのである。

「ところが、書状の記述によれば、河口堰の普請が滞りなく終わった直後、肝心の約束はあっさり反故にされたのでござる」

柴原甚右衛門は面目を失い、腹を切るしかなかった。

「それが書面のあらましにござります。されど、それがしがおもうに、この切腹、最初から仕組まれていた感も否めない。ほかならぬ、この調所笑左衛門を罠に嵌めるべく、柴原どのが人身御供《ひとみごくう》にされたのかもしれませぬ。まんがいち、そうであったとするならば、かえすがえすも口惜しい。許されざる外道の所業と断じるしかござるまい」

怒りのせいか、調所の顔は朱に染まっていた。

「ただし、すべては臆測の域を出ませぬ。証しを立てることができねば、敵の思惑どおり、それがしは断罪されるしかない。わが殿を傷つけぬためには、黙って死んでいくしかないと覚悟も決めております。されど、できることなら、敵に一矢《いっし》を報いたい。茶の弟子であり、友でもあった柴原どののためにも」

調所のはなしを聞きながら、脳裏に浮かんだ疑念を払拭《ふっしょく》できずにいる。

藩内で調所に敵対する連中だけで、これだけ手の込んだ筋書きを描くことができるのだろうか。いや、できまい。筋書きを描いたのは、おそらく、河口堰の普請を飫肥藩に押しつけた幕府の重臣であろう。

こちらの疑念に気づいたのか、調所は低く呻《うめ》いた。

「たしかに、ひとりだけ顔のみえぬ敵がおります」

「幕府の重臣にござりますな」

悲観することはない。万寿屋を捕らえて責めれば、容易にわかることだ。

「もう一杯、所望してもよろしいか」

調所に声を掛けられ、点前畳に座っていることをおもいだした。

地炉の茶釜は疾《と》うに沸いている。

蔵人介は顎を引き、手慣れた仕種で茶筅を振りはじめた。

五

串部は万寿屋を張りこんでいるので、夜道を帰る調所の付き添いは卯三郎にやらせることにした。

「今宵は一段と冷えるな」

節季《せっき》は立冬《りっとう》から小雪《しょうせつ》に変わろうとしている。

初雪でも降ってきそうな寒さに、おもわず蔵人介も着物の襟を寄せた。

冠木門から外へ出ると、亥《い》ノ刻を報せる市ケ谷《いちがや》亀岡八幡《かめがおかはちまん》の鐘音《かねおと》が聞こえてくる。

——ごおん。

物淋しげに響く鐘音は、夜空に瞬く星々までも震わせているかのようだ。

「矢背どの、まことによい御茶をいただきました」

調所は丁寧にお辞儀し、少しさきで待っている宿駕籠のほうへ歩みだす。

蔵人介は頭をさげ、後ろ姿を見送った。

と、そのときである。

殺気を帯びた人影が、地べたから立ちあがった。

あっと、声をあげる暇もない。

覆面をつけた刺客だった。

「お覚悟」

声を裏返らせ、ぎこちない仕種で白刃を抜く。

咄嗟《とっさ》のことに、卯三郎は間に合わない。

蔵人介も腰に大小を帯びていなかった。

「何の」

調所自身が刀を抜いていた。

老体に似合わぬ身のこなしだ。

抜いた刀を大上段に掲げ、腹の底から声を絞りだす。

「ちぇええい」

一声で相手を制圧する、薩摩示現流の猿叫《えんきょう》にほかならない。

幼いころからつづけている修練のたまものなのであろう。退路を断った捨てがまりの気概を、島津の家老はあたりまえのように体得していた。

刺客は一歩も前へ進めず、仕舞いには尻餅をついてしまう。

卯三郎が駆け寄り、腰の刀を抜いた。

鈍い光を放つのは秦光代《はたみつしろ》の本身《ほんみ》、師匠の斎藤弥九郎から十人抜きの褒美に貰った名刀である。

白刃を向けられた刺客は、観念したように刀を抛《ほう》る。

卯三郎も調所も、刀を鞘《さや》に納めた。

蔵人介は表情も変えず、ゆっくり歩み寄る。

すでに、正体の見当はついていた。

「おぬし、柴原甚一郎であろう」

驚いたのは卯三郎である。

伸ばしかけた手を引っこめると、刺客はみずから覆面を剝《は》ぎとった。

調所が眸子を細める。

「柴原どののご子息か。わしを仇とおもうたな」

「いかにも。弔問にまいったのは、おのれの罪を隠すため。父が言い訳もせずに腹を切ったのは、信じていた友に裏切られたがため」

「わからぬな。わしが柴原どのを裏切ったとは、どういうことじゃ」

「島津が将軍家の縁戚であることを盾に取り、支藩に命じられた河口堰の普請を撤回させ、あろうことか、飫肥藩へお鉢をまわすように仕向けたのであろう。積年の恨みを晴らすためとは申せ、あまりに理不尽な仕打ちではあるまいか。父はそのことさえも口にせず、腹を切って抗うしかなかった。厚顔無恥《こうがんむち》な島津の家老は父の無念を知りながら、素知らぬ顔で焼香にまいったのだ。惨めな遺族の暮らしぶりを嘲笑《あざわら》いにまいったのであろう」

「すまぬが、わしはそれほど下劣《げれつ》な男ではない。そのはなし、誰かに吹きこまれたな。おおかた、阿漕な御用商人あたりか」

「いかにも、万寿屋松十が正直に語ってくれた。すべての元凶《げんきょう》は調所笑左衛門にありとな」

取りつく島もないといった顔で、調所はふうっと溜息を吐く。

蔵人介は黙然と歩を進め、鬼の面相で甚一郎を見下ろした。

そして、拳を固めるや、脳天を狙って振りおろす。

——ばこっ。

あまりの痛さに耐えかね、甚一郎は頭を抱えて蹲った。

「誰に撲《なぐ》られたとおもう。これは父の拳ぞ」

蔵人介は一喝し、すぐに口調を和らげる。

「弱りきった頭で考えても、ろくな考えは浮かんでこぬ。まともな判断ができぬとわかったうえで、万寿屋は狡猾《こうかつ》にも偽りの筋書きを吹きこんだのだ。おぬしの父と調所さまの絆は、生半可なことでは切れぬ。頭を冷やして考えれば、すぐにわかることではないか」

甚一郎は涙に濡れた顔を持ちあげる。

「……わ、わかりませぬ。矢背さまの仰ることが真実《まこと》ならば、この足で万寿屋のもとへ行かねばなりませぬ」

「早まるでない。悪党どもの始末はこちらでやる。おぬしはじっとしておれ。今の暮らしに耐えてこそ、行く手にも光がみえてこよう」

「光などみえませぬ。藩を放逐されたこの身に、いったい何を望めと」

「捨て鉢になるな。けっして、あきらめるでないぞ」

「……さ、されど」

「よいか」

蔵人介は屈みこみ、震える肩を抱いてやった。

「おぬしにはおぬしの一分の立て方がある。それを探すのだ」

「えっ」

「人を殺《あや》めるなどと、つまらぬことを考えるな。おぬしには、ほかにやらねばならぬことがある。お父上もきっと、それを望んでいよう」

「わたしがやらねばならぬこと、それは何ですか」

「おのれでみつけよ。どうしてもわからぬときは、師の安井息軒さまに尋ねてみるがよい」

「息軒さまに……あなたはいったい、何者なのです」

「何者でもない。ただの毒味役にすぎぬ。さあ、長屋へ戻るのだ。母上が温かい味噌汁をこしらえてお待ちになっておられよう。それから、佳代どののことを伝えておかねばなるまい。身重のからだで浄瑠璃坂を上り、おぬしが居なくなったと報せてくれた。おぬしさえ生きておれば、ほかに望むことはない。おぬしのために、元気な子を産みたいと涙ながらに訴えてな、浅はかな武士の一分よりも、佳代どののおもいのほうが遥かに重い。そうはおもわぬか。さあ、行け」

甚一郎は蔵人介に尻を叩かれ、辻の向こうへ消えた。

「矢背どの、かたじけない」

調所が深々と頭《こうべ》を垂れる。

「お顔をおあげください」

「いいや、こうせずにはおられぬ。腹を切った父の正直な気持ちじゃ」

「ちと、出過ぎたまねをいたしましたな」

「何の。あれだけのことを言われたら、目を覚ましてくれよう」

「それにしても、今宵はよいものをみせていただきました」

「よいもの」

「島津の捨てがまりにござる」

「今日という日が無事である保証はない。いつなりとでも死ぬる覚悟を決めておけ。

それは毒味御用とて同じ、鬼役の信条に相通ずるものかもしれぬ」

「まこと、仰せのとおりですな」

「されば、これにて」

島津の頑健《がんけん》な家老を乗せた駕籠は、滑るように遠ざかっていく。

駕籠尻が闇に溶けてみえなくなるまで、蔵人介は頭をさげつづけた。

六

腰には粟田口国吉《あわたぐちくによし》がある。出羽山形藩《でわやまがた》六万石を治める秋元家の殿さまから下賜《かし》された名刀だ。刃長は二尺五寸、冴えた地金《じがね》には互《ぐ》の目丁字《めちょうじ》の刃文《はもん》が浮かび、哀愁を帯びた刃音ゆえに「鳴狐《なきぎつね》」とも称された。

この刀から、是極一刀《ぜごくいっとう》の抜刀剣が繰りだされる。

翌晩、阿部伊勢守に命じられた期限の三日目。

卯三郎からの連絡を受け、蔵人介は平川町までやってきた。軒を並べる獣肉屋のなかに、島津家馬廻り役の腰塚宗四郎が贔屓にしている見世があるという。

時折、ひとりで隠れて足を運んでは、猪や鹿の肉を貪《むさぼ》るように食べるのだ。皮肉にも、柴原甚右衛門の遺族が住む藁店の近くであった。口には出さぬが、卯三郎は腹に怒りのかたまりを抱えている。情で動いてはならぬと自戒しつつも、煩《ぼん》悩《のう》の犬と化した強欲な悪党どもが許せぬのだろう。

「養父上、あの見世にございます」

「ふむ」

表看板の代わりに、大きな黒猪の毛皮が壁に貼りつけてあった。

――ぶひぃ。

獣の悲鳴らしきものが聞こえたので裏手へまわってみると、見世の親爺がちょうど猪をつぶしたところに出会《でくわ》した。建前上、江戸市中でみだりに猪や鹿を殺生《せっしょう》することは禁じられているため、役人にみつかれば小言のひとつも頂戴するはずだ。

「おい」

蔵人介は高飛車《たかびしゃ》な態度を装い、首を縮めた親爺に妙なことを尋ねた。

「ここ半月ほどのあいだに、猪の血を所望した者はおらぬか」

「えっ」

親爺の反応をみれば、図星を指されたにちがいなかった。

「おるのだな。ふふ、名は言わずともよい。そやつ、蜘蛛のごとく手足の長い月代侍であろう」

親爺は俯《うつむ》き、顔もあげられない。

相手の名を告げれば災厄が降りかかるものと、恐れているのだろう。

「すまなんだな、仕事をつづけてくれ」

蔵人介はふたたび、表口へ取って返した。

「養父上、いったい、猪の血がどうしたと仰るのです」

問いの意図を知りたがる卯三郎に、冷めた眼差しを向ける。

「わからぬのか。目安箱に投じられた訴状の文字、人の血で書かれたとはかぎらぬぞ」

「まさか、猪の血で書かれたと」

「ふふ、あやつに聞けばわかることだ」

見世の表口から、手足の長い赭《あか》ら顔の侍がすがたをあらわした。

腰塚宗四郎である。

獣肉をたらふく食い、すっかり満足したのだろう。

楊枝で歯をせせりながら、のんびり歩きだす。

蔵人介と卯三郎は左右に分かれ、素早く近づいていった。

公人朝夕人の伝右衛門によれば、腰塚は島津家屈指と評される居合の達人らしい。

卯三郎では手に余るかもしれぬという一抹の不安は拭えなかった。

ともあれ、蔵人介が前面に立ちふさがり、卯三郎が的の後方に控える。

薄暗い露地に、ほかに人影はない。

腰塚は足を止めた。

「何じゃ、おぬしらは物盗《ものと》りか」

「物盗りにみえるのか、腰塚宗四郎」

「わしの名を知っておるのか。ん、何処かでみた顔だな」

「おもいだしてみろ」

「あっ、御膳奉行か」

腰塚は吐きすて、すっと塀際に身を寄せる。

「おぬし、調所笑左衛門を訪ねてきおったな。もしや、幕府の隠密か。いったい、わしに何の用じゃ」

「正直にこたえてくれればよい。おぬし、猪の血で偽の訴状を書いたのか」

「えっ」

「どうやら、そのようだな。長谷部雅楽の指図にしたがい、調所さまの罪をでっちあげた。しかも、飫肥藩江戸留守居役の柴原甚右衛門を罠に嵌め、訴状をしたためたうえで切腹におよんだ体《てい》を装うとは、ずいぶん手の込んだことをしてくれたものだ」

「ふん、何のはなしか、いっこうにわからぬな」

「酒で朱に染まった顔が、蒼褪《あおざ》めてきおったぞ。しらを切ろうとしても、人の顔は嘘を吐けぬようにできておる」

「くそっ」

腰塚は身を沈め、刀の柄に右手を添えた。

「おっと待て。死ぬのはまだ早いぞ。悪事の筋書きを描いたのが誰なのか、教えてもらおう」

「長谷部さままでも、阿漕な商人でもないわ」

「ほう、別におるわけだな。そやつの名を是非とも教えてほしいものだ」

「あの世で閻魔にでも聞いてみるがよい」

「喋らぬつもりか。教えてくれたら、腕一本程度で勘弁してやろうとおもうたが、どうやら、そうもいかぬらしい」

「くく」

腰塚は肩を揺すって嘲笑う。

「隠密なら、わしのことも調べておろう。島津家でも並ぶ者のない居合の達人ぞ。抜き際の一刀で、おぬしは首を失う。やめるなら、今だぞ」

「生憎、わしも少しばかり居合を使う。居合同士の申し合いで勝つ骨法《こつ》も心得ておる」

「骨法とやらを、教えてもらいたいものだな」

「相手の呼吸を読み、鞘の内で勝ちを拾う。師匠から、そう教わらなんだか」

「笑止《しょうし》な。んなことは、わかっておるわ」

居合使いで実力の拮抗《きっこう》する者同士の戦いは、十中八九、先に抜いたほうが負ける。それは居合を知らぬ者でも知っている剣理で、遅れて抜く勇気がなければ生き残ることはできない。もちろん、わずかでも立ち合いが遅れたら、刀を抜かずに斬られるだけのはなしだ。

蔵人介は目玉だけを動かし、卯三郎をちらりとみた。

全身に力がはいりすぎ、緊張がこちらにまで伝わってくる。

そこを動くなよと、目顔で制した。

腰塚もそれと察し、こちらに的を絞っている。

抜かりなく板塀を背にしているので、後ろを衝かれる恐れもない。

「この腰塚宗四郎、一対一の真剣勝負で負けたことがない。それを証拠に、今もこうして生きておる」

目つきをみればわかる。人を何人も斬ってきた目だ。飼い主の長谷部に命じられ、汚れ仕事に身を投じてきたのだろう。しかも、懊悩《おうのう》することすらなく、嬉々《きき》として人斬りを重ねてきたのだとすれば、今宵が年貢《ねんぐ》の納め時と覚悟してもらわねばなるまい。

「将軍の御毒味役は、鬼役とも呼ばれておるらしいな。しかも、鬼役のなかには、まことの鬼もおるのだとか。ふん、わしは信じぬぞ」

「よう喋る男だな」

「これで仕舞いにするさ」

腰塚は前触れもなく、無拍子《むびょうし》で抜きに出る。

――きゅいーん。

狐が鳴いた。

腰塚は、ぴたりと動きを止める。

刀の柄を掴んだ右手が、手首からぼそっと落ちた。

「げえっ」

驚いて目を剝《む》くや、血飛沫《ちしぶき》がほとばしる。

「ぎょえっ」

腰塚の首が胴から離れ、一瞬で虚空に消えていった。

「田宮流奥義《おうぎ》、飛ばし首……」

卯三郎が震えながらつぶやく。

まさに、瞬きのあいだの出来事であった。

蔵人介は抜き際の一刀で小手を落とし、二刀目で相手の首を刎《は》ねたのである。

「卯三郎、まいるぞ」

すでに、鳴狐は鞘の内にあった。

斬撃《ざんげき》の余韻《よいん》も残さず、蔵人介は踵《きびす》を返す。

卯三郎は佇んだまま、動くことができずにいた。

七

さして間を置かず、串部から連絡があった。

蔵人介は卯三郎をともない、深川《ふかがわ》の料理茶屋に向かった。

——ごおーん。

門前仲町《もんぜんなかちょう》の一の鳥居を潜ったところで、亥ノ刻を知らせる鐘音が聞こえてくる。

本所《ほんじょ》の大横川《おおよこがわ》河岸にある鐘撞堂《かねつきどう》の鐘であろう。日本橋石町《こくちょう》の鐘音を聞いてから撞《つ》くため、本所深川の一帯は少し遅れて鐘音が鳴り響く。

「殿、こっちこっち」

串部が塀際から手招きをしてみせた。

「悪党どもは、あれにある恵比寿《えびす》屋に。辰巳《たつみ》芸者や幇間《ほうかん》をあげて、どんちゃん騒ぎの真っ最中にござります」

舌打ちする串部が見上げた料理茶屋は二階建て、軒下にぐるりと提灯《ちょうちん》を巡らせた遊廓風の建物だ。

宴席の主役は島津家次席家老の長谷部雅楽、主催したのは万寿屋松十である。

腰塚がおらぬせいか、長谷部は供人を三人も連れており、万寿屋のほうにも蔵前の店で相対したふたりの対談方が控えていた。

「邪魔な侍は五人、いずれも手練にござります」

「雇われている連中は、できれば斬りたくないな」

「殿、相手を舐めてかかれば、しっぺ返しを食いますぞ」

「おぬしはそれほどまでに、人の臑を刈りたいのか。同田貫は両刃ゆえ、峰打ちもできぬしな」

「そういうはなしではござらぬ。峰打ちではなく、本気で向かわねばならぬ連中だと申しておるのです」

埒《らち》のあかぬ主従のやりとりに辟易《へきえき》したのか、卯三郎が割りこんでくる。

「養父上、串部どの、五人はそれがしにお任せください」

「よかろう。ならば、串部は囮《おとり》をやるがよい」

「殿、おいしいところを持っていかれるおつもりか。そうはさせじの礼参り。次席家老に引導を渡す御役目、串部六郎太にお任せ願いたい」

「かの長谷部雅楽、十文字槍《じゅうもんじやり》を使うらしいぞ」

「承知してござる。なんの、槍が恐くて鬼役の従者などつとまりましょうや」

あいかわらず、やる気だけは旺盛な男だ。しかし、大きな獲物を譲るわけにはいかない。

「成りゆき次第だな。万寿屋のほうは証人にいたすゆえ、まちがっても斬るでないぞ」

「承知」

三人は動いた。

島津家の供人三人と蔵元の用心棒ふたりは、各々、一階のふた部屋に分かれて待機しており、酒を呑みながら宴席が終わるのを待っているようだった。

まずは、串部が酔客を装って部屋に踏みこみ、島津家の供人三人を誘いだす。

やにわにひとりを蹴りつけ、尻を向けてぺんぺん叩いてみせた。

「腰抜け侍ども、口惜しかったら外へ出ろ」

酒のはいった連中を誘いだすのは、この程度の猿芝居で充分だ。

三人は刀を帯びて外へ躍りだし、串部の背中を追いかけてきた。

血相を変えて駆ける三人をやり過ごし、辻陰に隠れていた卯三郎が後ろから声を掛ける。

「おい、薩摩の腰抜けども」

月の明かりだけでは暗すぎて、相手の顔も判別できない。

卯三郎は低い姿勢で駆けより、最後尾の相手に迫るや、抜き際の峰打ちで眉間を割った。身構える隙《すき》も与えず、ふたり目は首筋を峰打ちにし、三人目は懐中に飛びこむや、柄頭で顎を砕く。

一瞬にして三人は白目を剝き、その場にくずおれてしまった。

「ほう、なかなかやりますな」

道を戻ってきた串部が、口惜しそうに褒めそやす。

峰打ちでは無類の強さを発揮するものの、いざ、真剣で人を斬る段になると、卯三郎は今でも震えが止まらなくなる。無理もなかろう。人を斬れば血飛沫が飛び、嗅ぎたくない死臭を嗅がねばならぬ。過酷な役目だが、こればかりは経験を積むしかない。

蔵人介は料理茶屋の表口から、なかの様子を窺った。

二階ではあいかわらず、賑《にぎ》やかな宴会がつづいている。

供人たちの騒ぎに反応したのは、隣部屋に控えていた用心棒どもだ。蔵前の万寿屋で串部が一度対峙しており、むしろ、こちらのほうが手強《てごわ》いと、蔵人介は読んでいた。

ふたりの用心棒は外に出て、白い息を吐きながら暗い露地を進みだす。

行く手には、卯三郎が待ちかまえていた。

串部は遠慮したのか、塀際に身を隠す。

小柄な用心棒がさきに刀を抜き、撃尺《げきしゃく》の間合いを踏みこえていった。

「ぬりゃ……っ」

初太刀は順勢《じゅんせい》の袈裟懸け、これを卯三郎が弾《はじ》いた途端、熾烈《しれつ》な火花が散った。

受けたのは峰でなく、刃のほうだ。峰で受ければ、本身が折れていただろう。

一合《いちごう》交え、卯三郎は気づいたはずだ。峰打ちで安易に対応できる相手ではない。心の隙は死に直結する。真剣で五分にやり合わねば勝てぬとわかれば、覚悟を決めるしかない。

これも経験と、蔵人介は胸の裡につぶやいた。

親獅子が子獅子を崖へ落とすのと同じ気持ちだ。

「死ねっ」

相手は右八相《はっそう》の構えから、突きに転じた。

一段目は躱《かわ》したが、上向きに伸びた二段目の突きが鬢《びん》を削る。

「うっ」

卯三郎は独楽《こま》のように回転し、相手の脇胴を抜いた。

「ぬはっ」

勢い余った相手は二、三歩前へ進み、箍《たが》が外れたように倒れこむ。

絶命したのだ。

どうにか仕留めたものの、卯三郎の面前にはふたり目の強敵が迫っていた。

「もらった」

長身を生かして上段に構え、三尺を超える長い刀を振りおろそうとする。

卯三郎は秦光代を頭上に掲げ、熾烈な一撃を十字に受けた。
――がつっ。
金音とともに、火花が散る。
「くおっ」
相手は圧《へ》し斬《ぎ》りを狙い、全身の重みを刀に乗せてくる。
と、そのときだった。
一陣の黒い風が、真横から相手の裾を捲《めく》りあげた。
「あれ」
つぎの瞬間、用心棒が前のめりに倒れてくる。
卯三郎はわけもわからず、横に転がって必死に避けた。
地べたをみれば、二本の臑が切り株のように立っている。
臑を失った用心棒は俯《うつぶ》してもなお、からだを痙攣《けいれん》させていた。
「若殿、危ういところでしたな」
暗闇から、串部が声を掛けてくる。
さきほどまでとは、別人にしかおもえない。
いざとなれば頼り甲斐のある助っ人になるのが、串部という男であった。

八

卯三郎と串部を外に残し、蔵人介は大階段をゆっくりと上った。

華やいだ大広間へ向かっても、酔った連中は誰ひとり気づかない。

賑やかしの芸者や幇間も、供人のひとりとしかおもっておらぬようだ。

床の間を背にした上座には、恰幅《かっぷく》のよい狸顔の侍が偉そうに座っている。

島津家の次席家老、長谷部《はせべ》雅楽にちがいない。

左右に芸者を侍らせ、盃をかたむけながら、芸者の胸もとをまさぐっていた。

目を覆いたくなるほどの好色《こうしょく》ぶりだが、万寿屋は隣で楽しげに囃《はや》したてている。

「さあ、長谷部さま、今宵は無礼講《ぶれいこう》にござりますぞ。酒は灘《なだ》の下りもの、おなごもは選《よ》り取り見取り、今を楽しく生きずして、何の得がござりましょうや」

「ぶはは、万寿屋、そちの申すとおりじゃ。調所笑左衛門さえおらぬようになれば、島津家の台所はこの身に預けられよう。そうなったあかつきには、おぬしにも甘い汁を吸わせてやるぞ」

「へへえ、そのときを待ちに待っておりました」

「幕府の大目付も何のその、きゃつらの目は節穴ゆえ、唐船との抜け荷もやりたい放題じゃ」

「おやおや、大きく出はりましたな。わては公儀の大物と裏でしっかり繋がっておりますよってに、大目付なんぞに手は出させまへん」

万寿屋は本音を漏らし、ぺろっと舌を出す。

公儀の大物が誰なのかを、阿漕な商人から聞きださねばなるまいと、蔵人介はおもった。

まずは、上座の悪党をどうにかせねばなるまい。

後ろの床の間には、これみよがしに十文字槍が飾ってある。

宝蔵院《ほうぞういん》流が本物かどうか、試してみるのも一興であろう。

蔵人介は剽軽《ひょうきん》に踊る幇間を横に退かし、すたすたと上座に迫った。

さすがに異変を察したのか、まわりの芸者たちは身を固める。

「ひぇっ」

振り向いた万寿屋が、驚いて腰を抜かしかけた。

蔵人介の顔が、鬼にみえたのだろう。

長谷部だけは、落ち着きはらっている。

「おぬし、部屋をまちがえておるぞ」

怒りを殺した口調で脅されても、蔵人介は冷静さを失わない。

「長谷部雅楽、地獄から引導を渡しにまいった」

「ほう、おもしろい。いったい、誰の命じゃ」

「誰とは言わぬ、天命だ。子飼いの腰塚宗四郎に命じて、猪の血で綴らせた訴状を目安箱へ投じたであろう。それだけのことをして、無事で済むとおもうなよ」

「腰塚はどうした。なるほど、おぬしに斬られおったか。ならば、こっちも本気で掛からねばなるまいな」

長谷部はやおら立ちあがり、後ろの十文字槍に手を伸ばす。

その隙に抜刀し、首を飛ばすこともできた。

だが、蔵人介はじっと待ちつづける。

「いえいっ」

長谷部は気合いを発し、腰だめに槍を構えた。

槍自慢と称するだけのことはあり、なかなかの迫力だ。

「長谷部さま、狼藉者《ろうぜきもの》を田楽《でんがく》刺しにしてくだされ」

蔵人介は後退《あとじさ》り、後ろで吠える商人を蹴倒してやった。

長谷部は釣られるように、大股で近づいてくる。

「そいっ」

けら首をまわしながら突かれても、蔵人介はひょいと躱すだけで刀を抜かない。

「ぐはは、槍と刀では勝負にならぬぞ」

「どうかな」

「この槍は人の血を吸うておる。罪人の試し刺しじゃ。わしはな、肉を刺す感触が忘れられぬのよ」

長い槍をぶん回せば、怪我人が出ぬともかぎらない。

芸者や幇間たちがすべて、部屋から逃げるのを待った。

「よし、潮時か」

蔵人介はつぶやき、静かに眸子を瞑《つむ》る。

「ん、どうした、あきらめたのか。されば、経でも唱えよ」

十文字槍が刃音を唸らせ、顔面に迫ってきた。

蔵人介は沈みこみ、すすっと間合いを詰める。

――しゃっ。

電光石火、鳴狐を抜きはなった。

――きゅいーん。

哀愁を帯びた鳴き声が、断末魔《だんまつま》の叫びを掻き消す。

すでに、畳に俯した長谷部の息はない。

「ひっ、ひゃああ……」

万寿屋が悲鳴をあげ、這々《ほうほう》の体で逃げようとする。

ところが、敷居の手前には、串部が仁王のごとく立っていた。

「やはり、おいしいところは持っていかれましたな」

不満顔で言いはなち、万寿屋を睨《ね》め降ろす。

「ひっ」

阿漕な商人の目には、閻魔大王の使いにしかみえなかっただろう。

「地獄へ堕とすまえに、おぬしには聞かねばならぬことがある」

黒幕の名と行状《ぎょうじょう》を手土産にすれば、阿部伊勢守も公正な裁きを下さざるを得まい。

蔵人介は常のように、みずからの正義を信じていた。

九

二日後。

大伝馬町《おおてんまちょう》にはべったら市《いち》が立ち、明日からは夷講《えびすこう》がはじまる。八百万神《やおよろずのかみ》は出雲に出払って居なくなり、夷像だけが縁起物の千両箱や飯を高く盛った椀とともに商家で祀られる。

万寿屋松十を大目付に引き渡したのは、証しとなる口書《くちがき》をきちんと取り、黒幕とおぼしき幕府の重臣を裁くためであった。

ところが、いっこうに動きらしきものがない。

伝右衛門に内情を聞いても、はかばかしい返答は得られなかった。

夕刻、蔵人介は焦《じ》れるようなおもいを抱え、浅草今戸《あさくさいまど》の『花扇《かせん》』へやってきた。

表口で出迎えてくれたのは、三十路《みそじ》ほどの垢抜《あかぬ》けたおなごである。

「矢背の旦那、お久しゅうございます」

三月《みつき》ぶりになろうか。一日千秋《いちじつせんしゅう》のおもいで待ち焦がれていたなどと、柳腰《やなぎごし》で愛想口を利くおなごの名はおたま、巾着切《きんちゃっきり》の親分に育てられ、みずからも江戸で一番の巾着切になったが、大胆にも町奉行の懐中を狙って捕まった。改心してからは、町奉行の間者《かんじゃ》となって探索御用に携わったものの、今は三味線を掻き鳴らす白芸者《しらげいしゃ》をやりながら、料理茶屋の賄いを手伝っている。

「もう、おみえですよ」

妖しげに微笑むおたまに導かれた離室《はなれ》では、町人風体の先客が待っていた。

「よう、ご無沙汰《ぶさた》。何やら浮かねえ顔だな。おたま、満願寺《まんがんじ》の諸白でも注いでやれ」

「はいはい、金四郎《きんしろう》さま」

おたまに「金四郎さま」と呼ばれて嬉しがる鯔背《いなせ》な男、大目付の遠山左衛門少尉景元《とおやまさえもんのしょうじょうかげもと》にほかならない。隠れ家の『花扇』へ来るときは遊冶郎《ゆうやろう》を装っているので、職禄三千石の御大身《ごたいしん》にはみえなかった。

一献《いっこん》かたむけると、若い衆が煮立った鍋を運んでくる。

「すっぽんだぜ。精をつけさせようとおもってな、おれが甲羅を剥いだのさ。二刻も掛けて、とことこと煮込んだ逸品よ」

おたまが肉と汁を取りわけてくれた。

だが、蔵人介は箸を付けようともしない。

「どうした、腹でも痛えのか。ふん、それとも、おれに何か言いてえことでもあるってのか」

金四郎が声を荒《あら》らげると、おたまがすっと部屋から出ていった。

すっぽん鍋からは、白い湯気が濛々《もうもう》と立ちのぼっている。

蔵人介が酒を注いでやると、金四郎はようやく落ちついた。

「世の中ってのはわからねえ。あれだけ威張り腐ってた水野さまが、御城から居なくなっちまうとはな。蜂《はち》の一刺しで刺したのは、南町奉行の座に居座る鳥居耀蔵《とりいようぞう》だ。まったく、いけ好かねえ野郎さ。あいつのせいで、おれは北町奉行からお飾りの大目付に格上げされた。世間で言うところの一丁上がりってやつだ。水野さまもまさか、飼い犬に手を噛まれるとはおもってもみなかっただろうぜ」

いつもの愚痴を辛抱《しんぼう》強く聞いてやると、金四郎はふいに黙った。

「まあ、冷めねえうちに食ってくれ」

言われたとおりに椀を取り、蔵人介は静かに汁を啜る。

醤油と酒の風味がよく馴染み、こくのある味を出していた。

「どうだ」

「美味うございます」

「へへ、そうか。鬼役に褒められたら、冥利《みょうり》に尽きるってもんだ。いっそ侍なんぞ辞めて、鍋屋でもやるかな」

へらつく金四郎を目で諫《いさ》め、蔵人介は襟を正す。

「万寿屋のこと、そろりとお伺いできますかな」

「おっと、恐えな。刀でも抜きそうな気配じゃねえか。居合の達人に抜かれたら、すっぽんみてえに首をちょんとされちまう。お、そうだ、生き血でも呑むかい」

「戯《ざ》れ言《ごと》はその程度にしていただきましょう」

金四郎は重い溜息を吐き、遠山左衛門少尉の顔つきになった。

「おめえに頼まれ、たしかに阿漕な蔵元を預かった。口書も取ったし、悪事の筋書きはようくわかった。でもよ、島津家の悪党どもは闇から闇へ、何処かの誰かさんが葬っちまった。それで一件落着というわけだ」

「仰ることが、よくわかりませぬ。万寿屋は悪事の筋書きを描いた奸臣《かんしん》の名を吐きました。公金を平気で私するような奸臣にござります。そやつを白洲《しらす》で裁き、藩のために腹を切った柴原甚右衛門の名誉を回復してやらねばなりませぬ」

「んなことは、言われなくてもわかっていたさ。おれだって、上手く事がはこぶとおもっていた。でもな、そうならねえのが世の常だ」

邪魔がはいったのだろう。なかば恐れていたことだ。

「御老中の阿部さまからお達しがあった。万寿屋松十を斬首にし、この一件に幕を引けとな。血文字の訴状は無かったことにされ、調所笑左衛門もお咎《とが》め無し。いつの世も本物の悪党は生き残り、ほとぼりが冷めた頃に、また悪さをしはじめる」

「何故《なにゆえ》に、阿部さまはお裁きにならぬのですか」

蔵人介はめずらしく、怒りをあらわにした。

金四郎は声を落とし、辟易とした顔で応じる。

「奸臣にゃちげえねえが、幕府にとっては役に立つと踏んだのさ。それとな、こいつは阿部さまだけのご判断じゃねえ。万寿屋のやつは大奥に食いこみ、上の連中にせっせと献金していやがった」

献金を受けたなかには、当然のごとく、姉小路もふくまれていたのだろう。万寿屋の恩恵を受けていた点では、裁きを下すべき奸臣と何ら変わらない。阿部はこうしたことも想定したうえで、姉小路が傷つくのを避け、こたびの一件から如心尼を外したはずであった。

「その甲斐もなくというやつさ。そいつは賢い野郎でな、日頃から姉小路さまに取り入っていた。大奥の費用《ついえ》はどうにでもなるゆえ、面倒なはなしを揉み消してくれと泣きを入れたにちげえねえ」

姉小路に命じられれば、阿部はやはり、唯々諾々《いいだくだく》としたがうしかなかろう。

「おれがおもうに、阿部さまはおめえを試したにちげえねえ。鬼役が何処までやるのか、見定めたうえで味方につけようという魂胆《こんたん》さ。つまり、ここであきらめれば、おめえは子飼いとして御老中に認められる。でもよ、育ちのいい阿部さまはご存知ねえらしい。おめえはおれがいくら誘っても、首を縦に振らなかった。こうと決めたら、梃子《てこ》でも動かねえ。石頭のがちがち野郎だってことを、新米の御老中はわかってねえ」

金四郎はすっぽんを突っつき、ぎろりと睨みつけてくる。

「で、どうする気だ」

公儀が裁かぬとあらば、この手で始末をつけるしかない。

目顔で応じてやると、金四郎は「ふん」と鼻で笑った。

「相手は大名の出世を左右できるほどの大物だぜ。勝手に始末したとなりゃ、只《ただ》じゃすまねえぞ」

「もとより、覚悟はできております」

「そうかい。まあ、そう言うだろうとはおもったがな。どうしておめえはいつも、抜いた刀を納めようとしねえんだ。居合の遣い手なら、刀を納めるのは容易だろうよ。ご老中に抗って、得することなんざひとつもねえのに。そいつはあれか、鬼役の矜持が許さねえってやつか。おれに言わせりゃ、糞意地を張っているとしかおもえねえがな。まあ、それが矢背蔵人介なのかもしれねえ」

金四郎は盃を呷《あお》り、長々と息を吐きだす。

「言っておくが、今度ばかりは手助けできねえぜ。おれはな、町奉行への返り咲きを狙っているのよ。早晩、鳥居耀蔵は高転びに転《こ》ける。土居大炊頭さまは何もしねえお方だが、毛嫌いしている鳥居の首だけは獲ろうとするはずだ。そいつに期待しているのさ。町奉行に返り咲くためにも、目立った動きはしたくねえ。だからな、おめえの骨も拾ってはやれねえぜ」

いっこうにかまわぬ。高みの見物と洒落《しゃれ》こんでおればよかろう。

「ほれ、末期《まつご》の酒だ」

金四郎は半笑いの顔で漏らし、銚釐《ちろり》から酒を注いでくれる。

冗談のつもりで言ったのだろうが、冗談には聞こえない。

蔵人介は軽く会釈し、冷めた酒を喉に流しこんだ。

十

神無月二十日、巳《み》ノ刻（午前十時）。

――どん、どん、どん。

西《にし》ノ丸《まる》の太鼓《たいこ》櫓《やぐら》から、登城を促す太鼓の音が響いてくる。

蔵人介はいつになくのんびりと、西御丸下を歩いていた。

纏《まと》う裃《かみしも》は滅紫《けしむらさき》に車輪形の輪宝文《りんぽうもん》、能役者のごとき装束である。

さきを急ぐ諸役人たちは脇目も振らず、後ろからどんどん抜かしていった。

向かうさきは蛤《はまぐり》濠、切込接《きりこみはぎ》で積まれた石垣の色は灰色で、左右には蓮池《はすいけ》二重櫓《やぐら》と蓮池巽《たつみ》三重櫓が構えている。さらにその奥、黒い石垣が乱積みで積まれた頂《いただき》には、雄壮な富士見三重櫓が聳《そび》えていた。

蛤濠に行きあたったら、右手に折れる。

坂下御門を背にして右手には、新たに老中となった阿部伊勢守の上屋敷があった。御濠沿いにしばらく歩き、水呑み場を過ぎたところで鋭角に曲がる。すると、左手の二丁ばかりさきに、城内への入口となる内桜田門がみえてきた。

れてしまう。

空はあっけらかんと晴れている。

「よう歩んできたな」

蔵人介は立ち止まり、雲ひとつない蒼穹《そうきゅう》を見上げた。

感慨深く振りかえったのは、鬼役として歩んできた道程である。

それも今日で終わるかもしれないとおもえば、柄にもなく淋しい気持ちにとらわれてしまう。

後ろの水呑み場から、重臣《じゅうしん》らしき一団が近づいてきた。

先頭の大柄な人物は齢四十前後か、数人の供侍や挟箱《はさみばこ》持ちなどをしたがえ、雪駄《せった》の土用《どよう》干しのごとく胸を反らしている。纏う裃は銀鼠《ぎんねず》に卍崩《まんじくず》しの紗綾形《さやがた》、遠くからでもよく映える裃の主を、今や知らぬ者とていない。

旗本の出世頭とされる御側御用取次《おそばごようとりつぎ》、紅林肥前守高時《くればやしひぜんのかみたかとき》であった。

この紅林肥前守こそが、万寿屋松十の口から漏れた名にほかならない。

御側御用取次は中奥の総差配役、将軍と諸役人との取次をおこない、幕政と役決めの両面で将軍を補佐し、御庭番まで差配下におく。未決事項の立案はもちろん、評議にも参画し、事と次第によっては将軍への相談も無しに、老中を筆頭とした幕閣のお歴々へ指示を繰りだすこともあった。

もちろん、悪事の裏付けは取ってある。

家禄は五百石に満たぬものの、水野忠邦のもとで目付に抜擢されたあたりから頭角をあらわし、一足飛びで今の地位に昇りつめた。

賄賂《まいない》の多寡《たか》で普請を請けおわせる藩を決め、各藩から巧みに搾りとった金品を、幕閣のお歴々や大奥の女中たちに惜しみなく配った。金の力で今の地位を得てからも、有力な札差どもと結託し、さまざまな手で私腹を肥やしているという。

新興の万寿屋と仕組んだ悪事は、こうした流れのなかから生じたものにすぎない。発覚すれば即座に断罪すべきところだが、あまりに長く放置されていたがために、悪事の輪郭がみえづらくなっていた。

何も、紅林にかぎったはなしではない。万民のためにではなく、私のために政事をおこなうことがあたりまえとなり、富む者だけが益々肥え太り、多くの者が置き去りにされる。不公平きわまりない天下の情勢にもかかわらず、変化を嫌って悪党をのさばらせてきたあいだに、今や幕府の屋台骨は腐りかけているのである。

ともあれ、紅林肥前守は白洲で裁けぬほどの大物に化けてしまった。

——正義の剣をもって、悪党奸臣を成敗せよ。

それこそが、養父や橘右近に植えつけられた鬼役の信条である。

信条をまげて保身に走れば、ここまでの歩みは無に帰してしまうだろう。

たとえ過酷な運命が待ち受けていようとも、おのれの生き様を全うすることに一片の迷いもない。

蔵人介は立ち止まり、履き物の緒《お》を直すかのように屈みこむ。

じっと屈んだまま気配を殺し、後ろの一団が近づくのを待った。

追いこしていく者たちには、おそらく、路傍の石仏にしかみえなかったであろう。

ただし、先頭の紅林だけは、一瞬の光芒《こうぼう》を目にしたにちがいない。

蛤濠から吹きあげた風が鬢を揺らした途端、脇腹に強烈な痛みを感じたはずだ。

それでも、気に掛けまいと我慢し、しばらくは歩いた。

そして、内桜田門まで半丁ばかりのところで、どっと派手に転び、二度と起きあがってこなかった。

「うわっ、お殿さま」

従者たちが右往左往するなか、玉砂利の敷かれた地べたには血の池が広がっていったのである。

紅林肥前守は、脇腹を骨の髄まで断たれていた。

蔵人介は何食わぬ顔で小脇を通りすぎ、内桜田門の内へ吸いこまれていく。

抜いたのは鳴狐ではなく、斎藤弥九郎から貰った「鬼包丁《おにぼうちょう》」と呼ばれる脇差《わきざし》だった。

狐に鳴かせることもなく悪党を成敗し、御台所口から入城すると、中奥の笹之間で毒味御用に勤しんだ。

いつもどおりの一日を過ごしながらも、上からの呼び出しを待っていた。

もちろん、やったことの責を負うためだ。

紅林の死が老中の御用部屋に伝えられれば、阿部はすぐに誰が手を下したかを悟るだろう。

役目を返上させられるのならば、御納戸頭取があらわれるだろうし、罪人として裁かれるのならば、目を三角に吊りあげた目付の配下たちがやってくるにちがいない。

ところが、いくら待ってもどちらもあらわれず、やってきたのは老中付きの部屋坊主であった。しかも、導かれたのは老中の控え部屋ではなく、意外にも正式な執務をおこなう上御用部屋である。

口奥《くちおく》との仕切りとなる土圭之間《とけいのま》を通りすぎて右手、黒書院や御錠口にも近い部屋だ。

下城の刻限は疾《と》うに過ぎており、諸役人の大半は城内に残っていなかった。

襖の手前で膝をつくと、部屋坊主は何処かへ消えてしまう。

「御膳奉行、矢背蔵人介めにござりまする」

名乗りあげると、少し間を置き、くぐもった声が聞こえてきた。

「はいれ」

蔵人介はみずからの手で襖を開け、内に膝行して襖を閉める。

その場で平伏すと、間髪を容れずに「近う」と指図された。

がらんとした部屋で待ちかまえていたのは、阿部伊勢守にほかならない。

ほかの老中たちはおらず、土居大炊頭の常席となった上座も空いていた。

「呼びつけた理由は、わかっておろうな」

重厚に発する阿部の顔を見上げることもなく、下座で畳に両手をついた。

「もそっと近う。余の顔をみよ」

命じられたとおりに膝行し、平伏してから顔を持ちあげる。

「どうじゃ、余の顔が鬼にみえるか」

福々しい顔には、笑みすら浮かんでいた。

蔵人介は首を横に振る。

「鬼にはみえませぬ」

「ならば、何にみえる」

「喩えてみれば、恵比寿さまかと」

「ふふ、さようか。鬼が申すなら、そうなのであろう。おぬしの顔も、何やら恵比寿さまにみえるぞ。覚悟を決めた者の顔とは、そういうものなのかもしれぬな」

阿部は悲しげに微笑み、静かにはなしをつづけた。

「紅林肥前守が急死した。病死だそうだ」

「えっ」

「不服か」

「……い、いえ」

「それから、腹を切った飫肥藩の留守居役がおったであろう。かの者の名誉は回復されることになったらしいぞ」

「まことにござりますか」

「ふむ、島津家の重臣が祐相公に上申《じょうしん》したらしい。長屋暮らしを強いられた遺族は藩邸へ戻され、子息はしかるべき役目に就けるそうじゃ。祐相公と御廊下でたまさかお会いした際、立ち話をしたのじゃ」

「……さ、さようでしたか」

島津家の重臣とは、調所笑左衛門のことであろう。

腹を斬った柴原甚右衛門の名誉回復を願っていただけに、蔵人介としては心を動かさずにはいられなかった。

「嬉しそうじゃな。すべて、おぬしの手柄じゃ。されど、その手柄は表沙汰にできぬ。おぬしは余の命を聞かず、みずからの意志で一線を越えた。無論、覚悟はできていような」

「はっ、いかようにもお裁きいただきたく、お願いたてまつります る」

「わかった」

そう言ったきり、阿部はことばを発しない。

永遠とも感じられる時が流れ、ほっと溜息が漏れた。

「されば、この場で裁きを下すといたそう。御膳奉行の任を解き、小姓頭取格奥《おく》勤《づとめ》見習《みならい》といたす」

「えっ」

「嫌とは言わせぬぞ。いかようにもお裁きをと、さきほど申したではないか。武士に二言はあるまい。伏して、新たな御役を受けよ」

蔵人介が平伏すと、阿部はすっくと立ちあがり、足早に部屋から出ていってしまう。

ひとり残された蔵人介は、雲でできた楼閣《ろうかく》のうえを歩いているような気分だった。

ここは冷静になり、阿部から下された密命の正当さを問わねばならぬ。おのれの一存で幕府の御側御用取次を暗殺したのだ。そのことの是非を、厳しくみずからに問わねばならぬ。

それとわかっていながらも、今は何も考えたくなかった。

空っぽの頭に浮かんだのは、志乃の茶室に飾られた軸のことばだ。

――老驥伏櫪。

老いてもなお崛起《くっき》しようとする者の志を甘くみてはならない。

どうした心境の変化か、浴びるほど酒が呑みたくなってきた。

神楽坂の『まんさく』にでも立ち寄ってまいるか。

蔵人介はふとおもいたち、幕政のほとんどすべてが取り決められる老中部屋をあとにした。

十一

数日後。

夕方になり、調所笑左衛門がふらりと老驥庵にあらわれた。

仕置きも一段落し、礼を言いたくて訪れたというが、まことの目的は志乃の点てた茶であった。

奸臣どもを一掃したのが蔵人介だということは、薄々感づいている。

それでも、口に出さぬが礼儀とばかりに、いっさい触れようとはしなかった。

お忍びではないので、今日は供侍もふたりしたがえている。

一家総出で冠木門の外まで見送りに出ると、調所は柄にもなく照れてみせた。

「されば、またいずれ」

「いつでも、気軽にお越しくださりませ」

志乃のことばに、調所はにっこり微笑む。

心の底から寛いだ様子が窺えたので、蔵人介も満ちたりた気分になった。

ところが、調所が駕籠へ向かったところへ、物々《ものもの》しい装束の侍が息を切らしながら近づいてくる。

「甚一郎か」

蔵人介は調所を庇《かば》うべく、急いで正面にまわりこんだ。

甚一郎は、なおも近づいてくる。

供侍たちは身構え、刀の柄に手を掛けた。

「あいや、お待ちを」

甚一郎ではなく、その後ろから誰かが叫ぶ。

隻眼に痘痕面、安井息軒にほかならない。

さらに、安井の背後からは、弟子とおぼしき連中がぞろぞろあらわれた。

あっという間に、狭い道は飫肥藩の若い藩士たちで埋め尽くされてしまう。

「まいったな。わしも年貢の納め時か」

調所は薄く笑うしかない。

島津を敵とみなす飫肥藩の連中から逃れる術はない。

なかば、あきらめかけたそのとき、笛や太鼓が賑やかに鳴りはじめた。

――ぴいひゃらぴいひゃら、どんどこどん。

藩士たちが帯に挟んでいた菅笠をかぶり、こちらに顔を向けて縦横に整然と並ぶ。

「千代のはじめのひと踊り、松坂越えたや、さあ、やーとせー」

突如、甚一郎が高らかに唄いだす。

それを合図に、藩士たちが一斉に踊りはじめた。

「ふはっ、泰平踊か」

調所が笑った。

盆踊りは町人のものゆえ、武士が踊ることを許された藩はほかにない。

伊東家の殿さまが盆踊りを許したのは、今から百四十年近くまえの宝永《ほうえい》年間にまで遡《さかのぼ》るという。そのころ、角《つの》突き合わせていた薩摩島津家と雪解けの機運が生まれ、喜んだ殿さまが藩士たちに御前踊りを許したのだ。

ところが、藩士たちは踊りに不慣れで、いくら踊っても無骨さが抜けない。ならばいっそのこと、無骨な躍りで通そうということになった。本来は内股でなよやかに踊る盆踊りが、力士が四股《しこ》を踏むような足の運びと、刀でも振りかねない腕の動きをともなったものに変わったのだ。

時の経過とともに踊りは磨かれ、武芸十八般を彷彿《ほうふつ》とさせる動きまで取り入れるようになった。大勢が同じ振り付けで一糸乱れぬ動きをする。観ている側にとっては、それだけでも壮観このうえないものであった。

「斬られるかとおもうたら、きゃつらめ、踊りだしおった」

嬉々として発する調所を誘い、まっさきに志乃が踊りだす。

つられて幸恵も踊り、下男の吾助《ごすけ》や女中頭のおせきもあとにつづく。

串部と卯三郎も踊りの輪にはいり、調所の供侍や駕籠かきまでが浮かれたように踊りだす。

「さあ、鬼役どの」

つんと袖を引いてくるのは、高名な儒者の息軒だ。

蔵人介は仕方なく、見よう見まねで踊りはじめた。

これからの世を担う者たちが、いつまでも啀《いが》みあっているわけにはいかぬ。御納戸町の一角に忽然と訪れた泰平が、両藩両家の隅々にまで行きわたり、あたりまえのことになるのを心の底から望まずにはいられない。

おそらく、腹を切った柴原甚右衛門も同じおもいであろう。

「いやあ、めでたい。じつに、めでたいのう」

息軒はみずからも踊りながら、さも嬉しそうに笑ってみせる。

季節外れの盆踊りは、やがて、御納戸町で暮らす小役人や家人たちをも巻きこみ、いつ果てるともなくつづいていった。

二の舞い

一

霜月《しもつき》になると、時雨《しぐ》れる日が多くなった。

丑《うし》の日の今日は束《つか》の間《ま》の晴れ、寒中《かんちゅう》の丑紅《うしべに》と称してこの日に紅をさすと薬になるらしく、おなごたちは競うように紅猪口《べにちょく》を求める。大奥においても御殿女中の走り使いをする五菜《ごさい》が、早朝から勝手口の七《なな》つ口《ぐち》で注文を受けるのに忙しい。

宿直《とのい》明けの蔵人介は笹之間にひとり座り、御濠端に紛れこんだ寒雀の囀《さえず》りに耳をかたむけていた。

――ちゅんちゅん、ちゅんちゅん。

ほとんど眠れずに朝を迎えた理由は、卯三郎が晴れて将軍家慶の御目見得に与るからだ。

鬼役の先達《せんだつ》として、いや、後顧《こうこ》を託す養父として、ほんとうは家で門出を祝ってやるべきだろうが、最後の役目に託《かこつ》けて出仕のほうを選んだ。替わってもらうこともできたのにそうしなかったのは、照れがあったからかもしれない。

志乃と幸恵が、しっかり送りだしてくれたことだろう。

定められた登城時刻は六つ半（午前七時）なので、卯三郎は諸役人に先駆けて、もうすぐ城へあらわれる。新たにしつらえた揃いの肩衣《かたぎぬ》と半袴《はんばかま》は、銀鼠《ぎんねず》の地に難を転ずる南天文《なんてんもん》が象《かたど》られていた。

南天は吉祥《きっしょう》の木。白い実は咳《せき》止めの薬に、樹皮は胃の薬になる。虫歯や卒中《そっちゅう》にも効く万能薬であり、南天文にはつつがなく御役目を果たしてほしいという志乃と幸恵の願いが込められている。

熨斗目《のしめ》のついた中着はおそらく、栗色で合わせたにちがいない。

期待と不安の入りまじった顔で御門を潜る心境はいかばかりか。

卯三郎の凜々《りり》しいすがたを想像し、蔵人介は小さく何度もうなずいた。

おもえば、三十有余年も鬼役をつとめてきたなかで、目見得のときほど晴れやかな気分を味わったことはない。

何しろ、生まれてはじめての出仕であった。碧水《へきすい》を湛《たた》える御濠や流麗な石垣、聳《そび》えたつ御殿の塀や大屋根、何もかもが黄金の曙光《しょこう》に煌《きら》めいてみえた。厳《いか》めしげな各御門を経て最後の中雀門を潜るときは、全身に武者震いが走ったのをおぼえている。

「……いよいよ、ここから」

すべてが始まるのだとおもい、ぎゅっと唇を結んだ。

おそらく、卯三郎も同じおもいを抱くことであろう。

登城ののちは目付に書面を提出し、老中取次の同朋頭《どうぼうがしら》には口頭で出仕を告げねばならない。そして、念入りに段取りを教わったのち、控え部屋で待機する。

謁見《えっけん》は午前中に黒書院でおこなわれるが、将軍のやるべき行事は多岐にわたるため、何刻に呼ばれるかはわからない。控え部屋にはほかにも目見得に与る者たちが集められており、みなでじりじりとした時を過ごさねばならなかった。

膳奉行は布衣《ほい》も赦《ゆる》されぬ御役目ゆえ、侍烏帽子はつけない。足袋《たび》も許されずに裸足なので、畳がえらく冷たく感じられた。

蔵人介のときはたしか、一刻ほどで呼びだしが掛かったはずだ。

あのときは同じ役高の三人がひと組になり、まずは山吹《やまぶき》之間で待機させられた。

そして、西湖《さいこ》之間縁頰《えんがわ》から黒書院の下段縁頰へ進み、横並びになった三人が上段に座る前将軍の家斉に平伏した。上意を受ける段になると、右手の手前に座る奏者番が各々の名を披露した。上座に近い側に座る老中が取りなし、いよいよ将軍からことばを賜るのだ。

——いずれも念を入れて勤めい。

すでに逝去した家斉のことばが、今でもはっきりと蘇ってくる。ずっしりと重く、胸に響いた。徳川家への忠誠を誓ったその日から今日まで、ほかに賜ったことばはない。たった一度だけ掛けられたことばによって、徳川という太い柱に縛りつけられてきたのかもしれなかった。

公人朝夕人の伝右衛門によれば、本日の目見得で名を告げる奏者番は飫肥藩藩主の伊東修理太夫がつとめ、取りなしの老中には阿部伊勢守が任じられているという。これも縁であろう。

平伏す卯三郎の左手下段縁頰には、上座から土居大炊頭以下、真田《さなだ》信濃守《しなののかみ》、牧野《まきの》備前守《びぜんのかみ》、戸田《とだ》日向守《ひゅうがのかみ》といった老中たちがずらりと居並び、少し離れた西湖之間縁頰には、大岡主膳正《おおおかしゅぜんのかみ》、本多越中守《ほんだえっちゅうのかみ》、遠藤但馬守《えんどうたじまのかみ》、本庄《ほんじょう》伊勢守《いせのかみ》という若年寄たちが横一線に座るはずだ。

目見得を許された者たちは平伏したままなので、重職を担うお歴々の顔を目にすることはできない。もちろん、家慶の顔を拝むことも許されず、将軍退出ののちは俯いた姿勢で縁頰を離れ、羽目《はめ》之間右上方の中之間で老中や若年寄に御礼を言上しなければならなかった。一世一代の目見得は存外にそっけなく終わり、当日から役目に勤しむ日々が始まるのだ。

笹之間の主は、今日から替わる。

「もはや、ここに居てはならぬな」

蔵人介は座したまま一礼し、やおら立ちあがった。

おそらくは、二度と戻らぬであろう部屋の襖を開けて閉め、人気《ひとけ》のない廊下を渡って御膳所の脇を抜けていく。

馴れぬ足取りでやってきたのは、御納戸口に近い下部屋のひとつだ。

炭置部屋と見紛うばかりの、狭くて殺風景な小部屋にほかならない。

――御膳奉行の任を解き、小姓頭取格奥勤見習といたす。

老中直々に賜った御役を断ることは許されなかった。

ただし、小姓とは名ばかりで、密命が下されたとき以外にこれといった役目はない。役名も役目の中身も周囲にはあきらかにされず、正規の御役目ではないとの理由から職禄の加増もなされぬようだった。

将軍の身辺を世話する小姓は二十人近くおり、そのうちの三人ほどが頭取となる。小姓も小姓頭取も職禄は五百石だが、蔵人介は持高が据え置きにされたばかりか、御納戸頭取より膳奉行の御役料である二百俵を返上するようにと命じられた。新しく役に就いた子が貰うのだから、親はいらぬだろうとのことらしい。しかも、小姓を束ねる小姓組番頭への挨拶も不要とされ、橘右近に替わって重責を担う人物とはことばを交わしたこともなかった。

狭い部屋に座ってみれば、たちどころにわかる。

蛇の生殺しもいっしょだなと、蔵人介はおもった。

しばらくすると、前触れもなく、四季施《しきせ》を着た坊主がひとりあらわれた。

「おっと、お見えでござったか」

同朋衆坊主は、城内の潤滑油として機能する。表と中奥で三百人余りはいるので、いちいち顔をおぼえてはいない。

「御部屋坊主《おへやぼうず》の宗竹《そうちく》と申します。手焙《てあぶり》に炭を入れてお持ちいたしました」

部屋坊主は老中や若年寄の世話をする。阿部伊勢守に命じられたのであろうか。それとも、小頭《こがしら》や同朋頭の命で足労したのか。いずれにしろ、つるんとした平目顔の部屋坊主は、裏の事情を知らされてはおるまい。

丸い手焙をそばに置き、宗竹は喋りたそうな顔をする。

手焙のなかでは、熾火《おきび》が燃えていた。

「このお部屋、じつは炭置部屋だったのですよ。くく、矢背さまは御膳奉行から炭奉行になられたと申す者もおります。おっと、口が滑りました。よろしければ、ひとつ伺っても」

「ん、何だ」

「隠居なされぬのは、ご自身のご意志であられましょうか。それとも、どなたかの……くく、やはり、お教え願えませぬか。それでは、何かあればお声掛けを。手が空いておれば、馳せ参じますゆえ」

小莫迦《こばか》にしたように無礼な台詞を並べ、宗竹は襖を後ろ手に閉めて居なくなった。

坊主のぞんざいな扱いをみれば、置かれている立場の低さが如実にわかる。

隠居し損ねた毒味役が城から出ていかぬ理由は何か、どうせ、わずかな手当てを貰うためにしがみついているのだろうと、その程度にしか考えておらぬのであろう。

どのような扱いを受けるにしろ、当面はこの部屋で辛抱するしかない。

蔵人介は煤《すす》けた壁を睨みつけ、卯三郎の目見得が無事に済んでくれることだけを祈った。

二

あと四半刻《しはんとき》（三十分）で正午、昼食は抜いてもかまわぬが、気になるのは目見得の首尾である。

卯三郎はつつがなく目見得の儀を済ませ、笹之間へ初めて足を踏みいれたにちがいない。相番は信頼のおける片平源悟。新参者を頼むと秘かに頭をさげておいたゆえ、しっかり面倒をみてくれるはずだ。

そろそろ、昼食の毒味がはじまった頃合いか。慣例として、御役に就いた初日は毒味御用を免れる。片平が毒味をおこない、対座する卯三郎は監視役にまわる。されど、気を遣う必要はないと、片平には念を押しておいた。初日からでも堂々と毒味御用ができるよう、厳しい修行を重ねてきたのだ。

ゆえに、卯三郎が箸を握っていてもおかしくはない。所作も心構えも鬼役として恥ずかしくない域には達しているものの、さすがに本番一日目は手の震えを抑えられぬであろう。

いや、むしろ、緊張しているのは自分のほうかもしれない。

「ふっ、なるようにしかならぬ」

溜息を漏らしたそのとき、突如、廊下の向こうが騒がしくなった。

耳を澄ませば、誰かの叫び声や廊下を行き交う跫音《あしおと》も聞こえてくる。

不測の事態であろうか。

騒いでいるのは、笹之間のあたりだ。

腰を浮かせたものの、出向くことに一抹の躊躇《ため》いがあった。

何があろうと、親が顔を出すべきではない。いかなる困難も、卯三郎はひとりで乗りこえていかねばならぬ。されど、放っておくのも忍びない。冷静であろうとすればするほど、焦りだけが募った。

「まいるか」

立ちあがりかけたところへ、人の気配が近づいてくる。

「御免」

部屋にはいってきたのは、公人朝夕人の伝右衛門であった。

表情をみれば、何が起こったかの想像はつく。

「毒を啖《くろ》うたか」

「いかにも。されど、卯三郎どのではござりませぬ」

「片平源悟か」

「血を吐いて息絶えた様子」

と聞き、蔵人介は絶句する。

「あの片平が……死んだのか」

「運ばれたところはみておりませぬ。どうやら、二ノ膳のつみれ汁が疑われておるようで。小耳に挟んだはなしでは、口にしたのは烏頭毒ではないかとのこと。片平源悟には目を掛けておられたのでしょう」

「鬼役として申し分のない資質を持っておった」

吐きすてる表情からも口惜しさが滲みでている。後顧を託すことのできる片平がいたからこそ、安心して隠居できるとまでおもったのだ。

「卯三郎どのは即刻、部屋から連れだされました。そちらも、この目でみてはおりませぬ。居合わせた小納戸方によれば、中奥では見慣れぬ連中があらわれ、引きずられるように連れていかれたとか」

蔵人介は首をかしげた。

「その連中、御目付の配下たちではないのか」

「しかとはわかりませぬが、いずれにしろ、卯三郎どのは御目付の詮索部屋で尋問を受けることになりましょう」

対座する相番が毒に苦しむすがたを、どのような気持ちで眺めていたのだろうか。片平が為す術もなく逝ったとすれば、冷静でいられるはずはない。しかも、見も知らぬ連中に連れだされ、勝手のわからぬ城内の何処かへ閉じこめられたとするならば、平常心を失わぬほうがおかしい。

「狙いはどちらでしょうな」

毒を盛ろうとした相手は公方家慶か、それとも鬼役本人か、今の時点ではわからない。

「ひとつ引っかかることがございます。廊下に佇む小納戸方のひとりが襟元が濡れるほどの大汗を掻いておったとか」

廊下は冷えきっているので、襟元が濡れるほどの大汗はたしかにおかしい。

「土圭《とけい》之間坊主のはなしゆえ、鵜《う》呑みにはできませぬが、大汗を掻いていた者は二ノ膳を運ぶ役目を担っておりました」

つまり、毒を仕込むことは容易にできた。

「小納戸方の名は」

「佐山九郎兵衛《さやまくろべえ》にございます」

幼さの残る顔が浮かんでくる。三月ほどまえに御役に就いたばかりの新参者だ。

「ご存知でしたか」

「会釈を交わす程度にはな」

鬼役ならば少なくとも、笹之間に出入りする者の素姓や評判くらいは知っておかねばならない。

「佐山家はたしか、代々小納戸役の家柄だ」

九郎兵衛本人は気遣いのできる誠実な人となりにみえたし、朋輩からの評判もけっして悪くなかった。

「咄嗟の出来事に出会し、冷や汗を掻いていただけかもしれませぬ」

されど、当たってみるべきだろう。笹之間での不祥事だけに、目付筋の調べを漫然と待っているわけにはいかぬ。しかも、卯三郎が対応の仕方を責められ、謂《い》われのない罪に問われないともかぎらなかった。

「小納戸方にそれとなく伺ったところ、佐山は本日、宿直明けとのこと」

「ならば、下城は八つ頃か」

「どうなされます」

「半蔵《はんぞう》御門の外で待つ」

「人目につきますぞ」

「家はたしか、番町《ばんちょう》だったな。よし、番町まであとを尾《つ》け、人気のないところで呼びかけてみよう」

「自刃されぬように、お気をつけなされませ」

伝右衛門はすでに、佐山が毒を盛ったと確信しているようだった。

こちらに背を向けて去りかけ、襖の手前で振りかえる。

「ここは炭置部屋だったそうですな。ご老中の阿部さまは、何故、かようなところに留めおくのでございましょう」

「さあ、知らぬ」

「鬼が野に放たれるのを恐れておいでなのかも」

「たかが鬼一匹。天下のご老中が恐れることなど、何ひとつあるまい」

「かような仕打ち、ちと我慢なりませぬな。ご老中は鬼役のことをわかっておいでなのでしょうか」

伝右衛門はめずらしく感情を露《あら》わにする。

蔵人介はありがたく感じたが、表情には出さない。

「それなりのお考えがあってのことだ。気楽に動くことができるゆえ、この部屋に捨ておかれておるほうが好都合かもしれぬ」

「ふふ、いつも前向きであられまするな。されば、失礼いたしまする」

伝右衛門は跫音も起てずに遠ざかった。

蔵人介はまんじりともせず、時が経つのを待ちつづけた。

廊下の騒ぎは嘘のように静まり、鬼役がひとり毒を啖って死んだというのに、平常どおりの中奥に戻ってしまったかのようだ。

それから一刻半（三時間）ほどのあいだ、部屋に近づいてくる者はなかった。

笹之間ではもうすぐ、夕餉の毒味が始まる。

御役に就いた鬼役は生きた心地がせぬだろう。

卯三郎はおそらく、今宵は下城を許されまい。

ひと晩で済めばよいがと、蔵人介はおもった。

三

――どん、どん、どん。

下城を促す八つ下がりの太鼓が鳴っている。

そそくさと御門を出てくる連中は禄盗人《ろくぬすっと》と呼ばれる小役人たちばかりで、幕政を司《つかさど》る老中や若年寄といったお歴々はあらわれない。

蔵人介は半蔵門の外に佇み、佐山九郎兵衛が下城してくるのを待った。

「小納戸の配膳役に毒を仕込まれたら、もはや、打つ手はございませぬな」

隣で溜息を吐くのは、従者の串部である。

鬼役という役目の過酷さを、あらためて噛みしめているようだ。

「卯三郎どのはご無事でしょうか」

「今宵は帰されまい」

無事を信じて待つしかなかろう。

「それにしても、初日からとんでもない試練を課されましたな」

嘆いてみせる串部から目を外すと、沈んだ顔の若侍が御門を潜ってきた。

「佐山だ」

眼差しを落とし、急ぎ足で通りすぎていく。

蔵人介と串部は背後にまわり、少し間隔を開けて尾けはじめた。

御濠を越えて麴町《こうじまち》にいたると、佐山は大路を一丁目から五丁目まで進み、烏が芥《あくた》を漁《あさ》る空き地のさきを右手に折れる。さらに、勾配のある善國寺《ぜんこくじ》谷をおぼつかぬ足取りで降り、表二番町通りと交差する四ツ辻を右手に折れた。

おそらく、屋敷は近い。

蔵人介と串部は駆け足になり、同じ四ツ辻を右手に折れる。

迷路のような番町の一角に人気はない。

好機だ。

「もし」

蔵人介が後ろから声を掛けても、佐山は足を止めない。

「待ってくれ」

追いすがろうとしたときであった。

行く手の脇道から、人影がひとつ飛びだしてきた。

足を止めた佐山に迫り、流れるように白刃を抜きはなつ。

「ぐはっ」

見事な手並みで脇胴を抜き、その勢いのまま斬りつけてくる。

「ふんっ」

低い姿勢から喉を狙った上段突きだ。

血濡れた切っ先が鼻先に迫っても、蔵人介は微動だにしない。

──しゅっ。

腰の鳴狐を抜いた。

──きぃん。

金音とともに火花が散り、弾かれた相手の刀が宙に舞う。

すかさず、串部が駆けだし、後ろの逃げ道をふさいだ。

覆面を着けているので、刺客の人相はわからない。

進退きわまったとあきらめたのか、動きを止める。

「口封じか。おぬし、何者だ」

蔵人介の問いに、刺客は笑ったようだった。

覆面が動き、くぐもった声が聞こえてくる。

「やはり、出てきおったか」

つぎの瞬間、刺客は帯から印籠《いんろう》を引きちぎる。

黒い丸薬を取りだし、素早く口にふくんだ。

「むぎゅっ」

毒を嚼ったのであろう。

刺客はその場にくずおれ、手足を痙攣《けいれん》させた。

「くそっ、やりおった」

串部が駆け寄ると、ぴくりとも動かなくなる。

脇腹を裂かれた佐山も、すでにことときれていた。

「ふたりとも死んでおります」

屈んで覆面を外しても、刺客の素姓はわからない。

見覚えのある顔ではなかった。

「忍びでしょうな」

いざというときのために、あらかじめ印籠に毒を忍ばせていたのだ。密命を帯びた忍びである公算は大きい。

「尾張か、紀州《きしゅう》か、それとも水戸《みと》か」

御三家はいずれも忍びを抱えている。世継ぎ争いの関わりで家慶の命を狙わぬともかぎらぬが、毒を盛って公方を斥《しりぞ》けるほど切迫しているのかと問われれば、首をかしげざるを得ない。

「忍びならば、御広敷《おひろしき》にもおりますな」

たしかに、御広敷用人《ようにん》差配のもと、大奥の周辺には伊賀者《いがもの》が控えている。

本来は将軍正室である御台所《みだいどころ》を守る役目を与えられているものの、家慶の正室であった喬子は逝去しており、大奥に御台所はいない。そうなると、いったい誰に仕えているのか、肝心なところが曖昧《あいまい》だった。

　大奥の序列で言えば、一番手は従一位を授けられ「一位様」と呼ばれている広大《こうだい》院《いん》、先代家斉の正室であろう。つぎは世嗣《せいし》、家祥《いえさち》の生母で御年寄上座《かみざ》のお美津《みつ》の方《かた》になろうが、こちらは西ノ丸に起居しているので、本丸で広大院の対抗馬となり得るのは、やはり、上臈御年寄として大奥の差配を任された姉小路になろうか。

　だが、伊賀者は一枚岩ではなく、誰の命で動いているのか判然としない。あらためて考えてみれば、数すらもはっきりとせず、闇のなかへ手を突っこむようなものなので、調べる気にもならなかった。

　もちろん、毒をふくんで自死した刺客の素姓はわかるまい。

　本丸の御広敷に控える伊賀者と断定することはできなかった。

「こやつめ、殿のことを知っているような口振りでしたぞ」

　串部が苦々しげにこぼす。

　たしかに、刺客は「やはり、出てきおったか」と口走った。

「やはり、というからには、殿が乗りだすのを予見していたことになりますな。卯三郎さまを連れて行った連中と繋がっていると考えるべきかもしれませぬ」

串部の言うとおりだ。目付筋と裏で通じている公算は大きい。

しかも、相手は鬼役に課された裏の役目も知っているようだ。

「厄介な連中ですな」

こちらの動きが逐一監視され、先々で探索を阻まれる恐れも否めない。

ともあれ、一刻も早く事の真相をあきらかにし、敵の正体を摑《つか》まねばならぬ。

屍骸《むくろ》を置き去りするのも忍びなく、蔵人介は凶事を伝えるべく、近くの辻番所《つじばんしょ》へ串部を走らせた。

四

翌晩、斬殺された佐山九郎兵衛の通夜がひっそりと営まれた。

蔵人介は串部も連れず、故人の知りあいと称して弔問に訪れた。

双親《ふたおや》に涙はなく、不審な死に方だったゆえか、訪れる者も少ない。

九郎兵衛が養子だったことを聞きだし、早々に家から離れると、白張《しらはり》提灯のさがった門の外で熱心に祈っている老人に目が止まった。

白髪を茶筅髷《ちゃせんまげ》に束ね、宗匠《そうしょう》頭巾をかぶっている。

風体から推《お》すと、茶人か俳諧師《はいかいし》か易者《えきしゃ》、あるいは町医者であろうか。

「もし、佐山九郎兵衛どのと関わりのあるお方か」

遠慮がちに声を掛けると、意外な答えが返ってきた。

「じつの父親にござります」

名は石渡《いしわたり》柳庵《りゅうあん》、日本橋本銀《ほんしろがね》町《ちょう》に看立所《みたてしょ》を構える蘭方医《らんぽうい》だという。

「あれの母親は若くして病死いたしました。わたしが男手ひとつで育てあげ、十五でどうしてもと請われて養子に出したさきが、佐山家にござります」

佐山家は無嗣《むし》改易《かいえき》の憂き目に立たされるなか、小納戸役に適した利発な男児を求めていた。知りあいの旗本や御家人を見渡しても、これといった若者がおらずに困っていたところへ、柳庵がたまさか九郎兵衛に薬を届けさせたところ、佐山家の当主からえらく気に入られたのである。

「うだつのあがらぬ町医者を継ぐより、御城勤めの御旗本になったほうがどれほどよいことか。町人の子を立派な侍にしたい欲もござりました。身の丈もわきまえずに欲を掻いたがために、罰《ばち》が当たったに相違ない……く、うう」

柳庵は我慢できずに嗚咽《おえつ》を漏らす。

蔵人介は黙って佇み、落ちつくのを待った。

「……も、申し訳ございませぬ。見も知らぬお方のまえで、とりみだしてしまいました」

「掛け替えのない子を失ったのだ。致し方のないことゆえ、気にせぬがよかろう。申し遅れたが、元御膳奉行の矢背蔵人介と申す。じつは、ご子息のご遺体をみつけて辻番に届けさせたのはわしでな、よろしければ、ちとはなしをせぬか」

蔵人介はさきに立ち、麴町のほうへ戻っていく。

大横町《おおよこちょう》と森木《もりき》町《ちょう》の交差するあたりに、老舗《しにせ》風の泥鰌《どじょう》鍋屋をみつけていたのだ。

善國寺谷を上って麴町五丁目の大路を横切り、赤坂《あかさか》門へと通じる大横町をたどっていくと、なるほど、提灯に照らされた暖簾に『泥八《どろはち》』と書かれた見世があった。

「鍋でも突っつきながら、九郎兵衛どのを偲《しの》ぶとしようではないか」

柳庵は拒みもせず、黙ってあとに従《つ》いてくる。

暖簾を振りわけると、煮立った鍋の熱気に包まれた。

床《しょう》几《ぎ》には客がちらほら座っており、侍はひとりも見当たらぬが、こちらに気を向ける者はいない。

衝立《ついたて》の奥に席を占め、さっそく親爺に酒肴《しゅこう》と泥鰌鍋を注文する。

冬場の泥鰌は肥えていて美味いが、鍋にするには小振りな泥鰌のほうがよい。生きたまま酒に漬け、ぐらぐらに煮立った味噌汁にぶちこみ、土鍋の蓋を閉じてじっと待つ。根気よく待ってから蓋を取り、別の鍋で煮ておいた牛蒡《ごぼう》の笹掻《ささが》きをくわえて、さらに煮込む。煮えるまで四半刻《しはんとき》はたっぷり掛かるので、そのあいだは酒と肴で間を持たせるしかない。

出された酒は安物の地酒で、肴はこのしろの粟《あわ》漬けと大根の古漬けだけだ。

蔵人介は注ぎつ注がれつしながら、九郎兵衛の死に様を教えるべきかどうか迷った。

柳庵がさきに喋りだす。

「さきほど、佐山さまにお尋ねしました。九郎兵衛はいったい、誰に斬られたのかと」

「養父どのは何と」

「御目付には、辻斬りの仕業《しわざ》だと言われたそうです。されど、佐山さまは信じておられぬご様子でした」

無理もなかろう。辻斬りはたいてい、刀を差さぬ弱き相手を狙う。侍の多い番町で辻斬りの例《ためし》はなきに等しいからだ。

「斬った相手がどうなったか、養父どのから聞かれたのか」

「逃げたらしいとのことでした」

「ふうむ」

「矢背さまは、ほとけになった九郎兵衛をみつけてくださったと仰いましたな。斬った相手はご覧になりませなんだか」

「いや、みなんだ」

歯切れの悪い口調で応じながら、やはり、正直に経緯をはなすべきかもしれぬとおもった。

蔵人介が決意を固めかけたところへ、ぐつぐつ煮立った鍋が運ばれてくる。

「おまちどおさん」

親爺は鍋を置き、濡れ手拭いを使って蓋を取った。

濛々《もうもう》と湯気が舞いあがり、柳庵の顔さえもみえなくなる。

「ちょうどよい塩梅《あんばい》に煮えておるぞ」

小鉢に泥鰌を掬《すく》ってやると、柳庵は拝むような仕種をする。

「かたじけのうござります」

蔵人介も小鉢に泥鰌と笹掻きを盛り、口をはふはふさせながら食べてみた。

「これは美味い」

と、柳庵が驚きの声をあげる。

泥鰌を丸のまま食しても、骨はいっこうに気にならない。たしかに、江戸前の甘味噌が泥鰌の旨味を上手に引きだしており、笹掻きとの相性も抜群だった。

「下り物の諸白なんぞより、安酒のほうが合いますな」

「いかにも」

しばらくは喋るのも忘れ、一心不乱に泥鰌と笹掻きを食べつづけた。

「どうにも、不思議な気分でござります。だいじな子が悲惨な死に方をしたというのに、この身は餓鬼《がき》のように食い意地が張っている。何故、これほど泥鰌を美味いとおもえるのか、罰当たりにもほどがあろうと申すもの」

「供養とおもえばよい。九郎兵衛どのの代わりに、美味いものを食べているとおもえばよかろう」

「それでよいのでしょうか。じつを申せば、九郎兵衛はわたしのせいで死んだのではないかと疑っております」

「ん、どういうことかな」

蔵人介は銚釐をかたむけ、空の盃に酒を満たしてやった。

「あれを養子に出したあとのはなしになりますが、今から三月ほど前まで、伊達《だて》さまの侍医を務めておりました。ご側室の逆子《さかご》を無事に取りあげたことが評判となり、伊達さまのご紹介もあって、あるとき、千代田城の大奥にお呼びが掛かったのでございます」

柳庵が駆けつけてみると、臨月を迎えた家慶の側室《そくしつ》がえらく苦しんでいた。奥医師たちは匙《さじ》を投げていたが、逆子で苦しんでいるのはすぐにわかった。柳庵は冷静沈着にその場を仕切り、手順を踏んで母子ともども見事に救ってみせたという。

ところが、奥医師を束ねる本道《ほんどう》の医師頭からは謝礼ひとつないどころか、隣部屋で同じように難産で苦しんでいた別の側室を処置なく死なせていたことが発覚した。詳しく調べてみると、触診だけで済ませており、処方された薬も何ひとつ役に立たないものであった。

「医師頭とは、卜部了意《うらべりょうい》さまのことにござります。名のあるお方でもあり、こちらの言い分をきちんと聞いていただけるものとおもいましたが、さにあらず、蘭方医は邪道と断じ、みずからの非を頑《がん》としてみとめぬどころか、わたしを出入御免《でいりごめん》にいたしました。しかも、それだけでは飽き足らず、しかるべき筋に似非《えせ》医者であるかのごとく吹聴《ふいちょう》し、おかげでわたしは、伊達さまにお仕えする侍医の立場も逐《お》われる身となりました」

それでも卜部了意の怒りはおさまらず、刺客を雇って実子の九郎兵衛に危害をくわえたのではないかと、柳庵は疑っているようだった。

蔵人介は眉をひそめる。

もしかしたら危害をくわえたのではなく、九郎兵衛に脅しを掛けたのかもしれない。鬼役の片平源悟に毒を盛れ。さもなくば、実父の柳庵を罰するぞと脅され、九郎兵衛は平常心でいられなくなった。魔が差してしまい、毒を盛ったのだとすれば、いちおうの筋は通る。

もちろん、そうした筋書きは突飛すぎるし、今は想像の域を出ない。

そもそも、九郎兵衛が毒を盛った証しはなく、何故に片平が毒殺されねばならなかったのかという肝心要《かなめ》のところがわからない。九郎兵衛が忍びに口封じされたと裏付けるものも何ひとつなかった。

やはり、柳庵には黙っておくべきだろう。

蔵人介は考えなおし、丸々と肥えた泥鰌を黙然と咀嚼《そしやく》した。

ト部了意の悪評ならば、蔵人介も耳にしたことがあった。

五

——権威の衣を纏った平目《ひらめ》医者。

上にばかり目を向ける嫌らしさを揶揄《やゆ》した綽名《あだな》だろうが、たしかに、生白くてのっぺりした風貌は平目に似ていた。

毎朝、了意は十数人の医者を引きつれて御休息之間へ向かい、公方家慶の触診をおこなう。御髪番《おぐしばん》が月代を剃ったり髪を結ったりしているあいだに、ふたり一組になった医者たちが左右から家慶の交差させた腕を取って脈診し、最後に奥医師筆頭「お匙《さじ》」の了意が袖口から手を差し入れて腹に触れるのだ。

奥医師のもとには大奥からも頻繁に使いが寄こされ、了意は家慶の側室や身分の高い御殿女中たちの看立《みたて》をおこない、必要とあらば薬を処方する。

坊主頭に焦げ茶の四季施、地味な扮装《いでたち》ゆえか、殿中ではさほど目立たない。それでも、奥医師は公方や御殿女中の腕と腹に触れただけで蔵が建つとも噂されていた。ことに、奥医師を束ねるお匙は、「一度でよいから診てほしい」と諸侯からも引く手あまたで、豪勢な権門駕籠《けんもんかご》を仕立てて大名家へ伺候《しこう》すれば、手土産に黄金の餅が敷きつめられた菓子折を渡されるという。

了意は法印《ほういん》の位まで得ており、医者部屋の医師溜《だまり》、法眼溜《ほうげん》とは別に一室を与えられていた。

肝心の看立のほうは、柳庵も言っていたとおり、はなはだ怪しいのだが、医術の知識を持つ者でなければ、藪医者かどうかを見破ることはできない。言葉巧みに相手を丸めこむ話術に長《た》けているらしく、少なくとも幕閣の重臣や大奥の御殿女中たちは了意を名医と信じて疑わなかった。

蔵人介は挨拶を交わしたこともなかったが、権威の衣を纏った平目が中奥を悠々と泳いでいる様子は何度も目にしていた。

「了意さまは一位様のご贔屓に与り、法印の位を得たのでござります」

物知り顔に説いてみせるのは、炭置部屋へ丸火鉢を運んできた宗竹である。

蔵人介が了意の悪評をわざと口にするや、敵意の籠もった目で喋りはじめた。中奥の隅々まで知りつくした部屋坊主は、当然のごとく医者部屋の内情にも詳しく、なかでも了意については多くのことを知っていた。

「以前はただの番医でしたが、たまさか処方した薬で一位様が本復《ほんぷく》なされたことがきっかけとなり、あれよという間に奥医師の頂点に立つ身分を手に入れたのです」

法印になった途端、それまでの謙虚な態度は何処へやら、尊大で鼻持ちならぬ人物に変わった。

「御部屋に一歩踏みこめば、御大名家からの贈答品が山と積まれております。付け届けで荒稼ぎしているというのに、筋金入りの吝嗇家《りんしょくか》であられる。器量が狭いので下の連中に大盤振る舞いなどせず、楽しみを独り占めなさっておいでなのです」

たとえば、麴町の大きな屋敷に妻子を住まわせておきながら、深川のほうには妾《めかけ》を囲っていた。妾は吉原《よしわら》の大見世《おおみせ》で御職《おしょく》を張っていた花魁《おいらん》にほかならず、身請《みうけ》代は一千両をくだらない。しかも、ひとりの妾では満足できず、今でも吉原通いにうつつを抜かし、新たに花魁を身請けしようと企んでいるという。

事実ならば、とんでもない俗物だった。位の高い人物には高潔さも求められるはずだが、宗竹のことばを信じるかぎり、強欲な悪党医者にしかおもえない。

「わたしらなんぞは犬畜生も同然の扱いを受けており、つい先だってもうっかり昼食の弁当を出し忘れた御坊主が面罵《めんば》され、挙げ句の果てには御役御免となりました。御城から放逐されれば、物乞いになるしかありませぬ。ともあれ、どのような言いがかりをつけられるかもわからぬゆえ、平目法印の側には近づくなと、内々で申しあわせておるほどでござります」

それでも、宗竹は藪医者の化けの皮を剝いでやろうとおもい、日頃からそれとなく了意を観察しているのだという。

「殊勝《しゅしょう》な心掛けだな。平目法印の弱点を握れば、理不尽な虐《いじ》めに遭っている仲間も助かろう」

蔵人介が巧みに誘導してやると、部屋坊主は得意げに胸を張った。

「番町で不審死を遂げた御小納戸役はご存知でしょうか」

「佐山九郎兵衛のことか」

「いかにも。口が堅いと評判の矢背さまゆえ、おはなしするのでござります。誰にも言わぬとお約束していただけますか」

「無論だ、約束しよう」

「されば、おはなしいたします。じつは、佐山が鬼役の片平源悟さまに毒を盛ったのではないかと、わたしは睨んでおりましてな」

「ほう」

聞き捨てならぬはなしだが、蔵人介はさして興味もなさそうに応じた。

はなしたくて仕方のない宗竹は、こちらの興味を引こうと小鼻をひろげてみせる。

「根も葉もないはなしとお思いですか。わたしは矢背さまのご同僚でもあられた片平さまが毒を盛られて亡くなった前日、諸役もあらかた下城した夕刻に、佐山九郎兵衛が医者部屋を訪ねているのをみたのでござります。しかも、訪ねたのは大部屋ではなく、平目法印の部屋でした」

人目を忍んで訪ねる様子が怪しく、宗竹は廊下の片隅に張りついて窺《うかが》った。

「すると、血の気の失せた顔の佐山が部屋から出てまいりました。しかも、何かを大事そうに抱えていた。よくみえませなんだが、あれは毒入りの壺だったに相違ない。すなわち、佐山九郎兵衛は平目法印に命じられ、片平源悟に毒を盛った。しかるのちに、番町で何者かに斬られた。つまりは、口を封《ふう》じられたのでござります」

佐山の実父である柳庵のはなしを聞き、蔵人介は奇しくも同様の筋書きを描いた。

「奥医師が上様の脈を取る際、御休息之間へ案内するお役目は御膳所方《ごぜんしょかた》にござります。調べてみますと、新参者の佐山も半月ほどまえから案内役を命じられておりました。おそらく、そこで平目法印の目に留まったのでござりましょう」

宗竹の描くとおりだったにしても、肝心要のことがわからない。

何故、片平源悟は毒殺されねばならなかったのか。

「それにござる」

宗竹は膝を寄せ、声を一段と低くする。

「じつは、おもいあたる節がございます」

もったいぶったように言い、こちらの顔色を窺う。

「ここからさきのはなしは、ただでは申しあげられませぬ。何故、幕臣随一の遣い手と評される矢背さまが、かような炭置部屋に留めおかれているのか、まことの理由をお教えいただけるのならば、お教えいたしましょう」

「まことの理由となｰ」

「くふふ、存じておりますぞ。阿部伊勢守さまのお指図で城内に留まっておられるのでござりましょう。以前、噂に聞いたことがござります。中奥には奸臣成敗の密命を帯びた鬼が一匹潜んでおると。もしや、矢背さまこそが鬼ではあるまいかと、秘かにおもっておりました。そうであるならば、中奥や大奥の秘密を分かちあえる頼もしきお仲間を得たも同然、わたしも何かと動きやすくなる。いかがです、正直におはなしいただけませぬか」

眉をひそめながらも、はなしに乗ったふりをする。

「承知した。おぬしは信頼がおけそうだ。包み隠さず、教えてつかわそう」

「まことに。わたしをご信頼いただけるのですね。いや、嬉しゅうござります」

ともかく、宗竹は喋りたくて、うずうずしているのだ。

「御納戸頭《おなんどがしら》の三田村源兵衛《みたむらげんべえ》さまはご存知でしょうか」

名と顔は一致するが、ことばを交わしたことはない。

「じつは、三田村さまが払方御納戸金《はらいかたおなんどがね》を着服《ちゃくふく》しております」

どうやって知り得たかは語らぬものの、着服金の額は今年だけで五百両を優に超えているという。

「しかも、すべては平目法印の指示によるものとか」

御城坊主どもの噂話であろうか。

払方御納戸金とは、公方御手許金《おてもときん》のなかで公方が使う物品購入に投じられる費用である。年間で一万五千両ほどになり、購入品を定めるのは小納戸頭取の役目だが、勘定所からの金銭調達と出納《すいとう》管理は納戸頭に一任されていた。筆を嘗めて帳面を書き換えれば容易に着服できようが、事実ならばまちがいなく重罪に値する。

「三田村さまの御母堂は、胸を患《わずら》っておられます。治すには高価な薬が要るため、お匙とは是が非でも懇意になりたかったはず」

了意は三田村の弱味につけこみ、公金の着服を持ちかけたという筋書きらしい。

「されど、何故、それが片平源悟の毒殺と結びつくのだ」

「おまちどおさまでした。片平さまはそもそも次男坊の部屋住み。それゆえ、毒味役の片平家へ養子に出されました。ご実家の姓は三田村、つまり、三田村源兵衛さまのご実弟だったのでござるよ」

良心の呵責《かしゃく》に苛《さいな》まれた兄が、弟に着服のことを正直に語った。実直な弟は了意を許すことができず、確乎《かっこ》たる証言を得るべく直談判《じかだんぱん》におよんだ。そのせいで命を縮めたのだろうと、宗竹は想像を逞《たくま》しくする。

根拠のないはなしであった。そのため、宗竹も事を表沙汰にできず、さりとて胸に仕舞ってもおけなくなり、話し相手として手頃な蔵人介に向かって、存念をぶちまけるように吐露《とろ》したのだ。

さすがに喋り疲れたのか、宗竹はふうっと溜息を吐く。

「よくぞはなしてくれたな」

参考にすべき内容ではあったので、蔵人介はなかば本気で礼を述べた。

「されば、お約束にござります。矢背さまは密命を帯びておられるのですか」

期待を込めた目でみつめられ、蔵人介はしばし黙りこむ。

そして、にっこり微笑んだ。

「わしは隠居寸前の元鬼役、笹之間で人が足りぬようになったら駆りだされる。それだけのことゆえ、妙な気をまわさぬように」

宗竹は不満げな顔で何か言いかけたが、蔵人介に猛禽《もうきん》のごとき目で睨みつけられ、押し黙った。

六

翌朝、小納戸頭取の今泉益勝《いまいずみますかつ》に呼ばれ、蔵人介は奇妙な「お願い」をされた。膳奉行の質が落ちては困るので、当面のあいだ毒味御用に勤しんでほしいと言うのである。

「断じて上様の御毒味に粗相《そそう》があってはならぬ。さりとて、一度役を離れた者を笹之間へ戻すわけにもいかぬ。ついては囲炉裏《いろり》之間へ伺候し、いわば、影鬼《かげおに》として毒味御用に勤しんではもらえまいか」

「影鬼でござりますか」

すでに小姓組番頭の了承も得ているというので、とりあえずは昼餉の毒味をおこなう「影鬼」となるべく、蔵人介は小納戸頭取の控え部屋をあとにした。

能舞台を右手に眺めつつ、御座之間の脇廊下を奥へ進む。

囲炉裏之間は文字どおり、毒味の済んだ御膳料理を温めなおす部屋であった。御休息之間の手前に位置し、右隣には御湯殿がある。部屋のまわりに控えるのは小姓たちだけで、笹之間の周辺にはない張りつめた空気に包まれていた。

足を向けた廊下の随所には、小姓たちが障壁のように座っている。

中奥小姓は全部で二十八人、一日交替なので詰めている数は半分ほどだ。いずれも由緒ある旗本の子息たちで、結束はすこぶる固い。もちろん、結束が固くなければ、公方の盾となる役目を果たすことはできない。それゆえ、仲間以外は敵とみなすように言いつけられていた。

公方の座す御座之間からさきには目にみえぬ結界《けっかい》が張られており、笹之間の住人だった蔵人介は招かれざる者にほかならない。上からいくら命じられていようとも、異物を拒みたい心情は隠すことができぬらしく、小姓たちの刺すような眼差しに晒されながら囲炉裏之間へ向かわねばならなかった。

襖を開けて部屋へ踏みこむと、火のはいった囲炉裏のそばに小姓頭取がひとり座っている。

存じよりの顔だが、面と向かって喋ったことはない。

「神部《かんべ》丈八《じょうはち》にござる。本日より当面は、それがしが相番をつとめまする」

「かしこまった」

「矢背どののほうが年上ゆえ、それなりの扱いをいたす所存でござるが、身分の上下だけははっきりさせておきたい。ま、そちらへお座りなされ」

神部が誘ったのは、下座のほうであった。

「矢背どのは笹之間から退かれたのち、小姓頭取格奥勤見習なる御役目に就いたと伺いました。さような御役目は前例がござらぬ。よしんば新設された御役目であるにせよ、頭取と頭取格では天地ほどの開きがござる。そもそも、われら小姓組は御家人出の矢背どのを仲間とみとめておらぬゆえ、そこのところは勘違いなさらぬように。囲炉裏之間ではただの鬼役、いや、影鬼として対応させていただく」

面倒臭い男だとおもったが、顔にはいっさい出さない。

しばらくすると、別の小姓がうやうやしく御膳を運んできた。

「有川保《ありかわたもつ》にござります」

名乗った途端、神部に叱責される。

「名乗らずともよい。余計なことはするな」

「されど、礼儀にござります」

「逆らうでない。わしに逆らったらどうなるか、わかっておろうな」

脅しつけ、血走った眸子《まなこ》で睨みつける。

横顔にまだ幼い面影を残しているというのに、有川は不満顔で口答えしかけた。

「もうよい。出ていけ」

「はっ」

口惜しげに部屋から去る後ろ姿を見送りながら、なかなか見込みのある小姓だなと、蔵人介はおもった。

ともあれ、いったん笹之間で毒味された料理は、吸い物や汁ならば温めなおされ、椀や皿も取り替えたのち、金銀の蒔絵《まきえ》で彩られた公方専用の御膳に並べかえられる。常ならばこの部屋で毒味はせずともよいが、今泉はまんがいちのことを考慮し、蔵人介に再度の毒味を命じたのだ。

「石橋を叩いて渡ると申せば聞こえはよかろうが、ふん、御小納戸頭取の今泉さまらしいやり方だ」

小心者《しょうしんもの》だと言いたいのであろう。

「ことに、焼き魚には気を配るようにとの仰せであった。小骨の取り忘れなど、くれぐれもなきようにとのこと。ま、矢背どのには釈迦《しゃか》に説法でござろうがな」

神部は愚痴をこぼし、平皿の刺身に刷毛《はけ》を塗っていく。

鱚《きす》に細魚《さより》に鯛に平目、乾きかけた刺身に照りを戻すべく、水で薄めた酢を塗るのだ。噂には聞いていたが、目にするのは初めてのことゆえ、蔵人介はえらく興味をそそられた。

付け合わせの椎茸《しいたけ》や栗も、刷毛で塗られた途端、見栄えのよいものに早変わりする。

神部の手慣れた仕種を横目にしつつ、蔵人介は黙々と毒味をこなしていった。

擂り身魚の汁は温めかえされ、煮物の鴨肉なども絶妙の火加減で温められる。小皿の芽独活《めうど》や嫁菜《よめな》も韲り、猪口に盛られた数の子や味噌和《あ》えの貝柱、黒慈姑《くろぐわい》の胡麻和えや定番の鱲子《からすみ》など、鬼役がすでに箸を付けたであろう品々もすべて、手っ取り早く毒味を済ませていった。

所作は神々《こうごう》しいばかりで、神部も仕舞いには見惚《みと》れてしまうほどであった。

「ともあれ、しばらくはよしなに。ただし、われら小姓はあくまでも、矢背どのがこの部屋におらぬかのごとく振るまうゆえ、その点だけはおふくみくだされ」

神部は慇懃《いんぎん》な態度で喋り、用が済んだら消えろとでも言いたげに、廊下のほうへ目を向ける。

蔵人介は一礼し、囲炉裏之間から退出した。

あいかわらず、廊下に控える小姓たちの眼差しは冷たい。

だが、温かい目でみてほしいともおもわなかった。

八つ刻までは炭置部屋に控え、所在なく過ごしたのちに腰をあげる。

城を出て半蔵門を潜ると、いつものとおり、従者の串部が待っていた。

時雨《しぐ》れる日の多い霜月も十日を過ぎ、まもなく寒の入りだというのに、空は青々と晴れわたっており、さほど寒さを感じない。

勾配のきつい浄瑠璃坂を上りつめれば、脇の下に汗が滲んでくる。

「何かよいことがありそうな」

串部の言ったとおり、御納戸町の屋敷へ戻ると、幸恵の嬉しそうな顔が待っていた。

「卯三郎さまがお戻りになりました」

つい半刻《はんとき》（一時間）ほど前、たったひとりで戻ってきた。目見得に登城したのと同じ恰好ゆえ、肩衣や半袴は薄汚れ、下着などは強烈な臭いを放っていた。それゆえ、志乃にも了解を得て据え風呂を沸かし、さきほど入れたところだという。

下男の吾助に背中を流してもらい、極楽気分を味わっていることであろう。

しばらくすると、卯三郎がさっぱりした顔であらわれた。

「養父上《ちちうえ》、ただいま戻りました」

「ふむ、よう戻った。ちと瘦《や》せたな」

一日に玄米一合と沢庵《たくあん》二枚、口にしたのはそれだけらしい。

「相手は御目付衆《おめつけしゅう》か」

「途中からはそうなりました」

「途中から」

「笹之間から連れだした者たちは、御目付衆とは別にござります」

「伊賀者か」

「おそらくは」

卯三郎は目隠しをされ、城内の何処かへ連れていかれた。部屋から出されるときも目隠しをされたので、場所は特定できない。ただ、中奥ではなく、大奥のようであったという。

「責め苦は受けたか」

「いいえ」

片平が亡くなったときの情況を執拗《しつよう》に聞かれた。

「つみれの汁を口にするや、片平さまは血を吐かれました」

あっという間の出来事であった。卯三郎は動顛《どうてん》しつつも、身を寄せて片平の肩を抱き起こしたのだという。

「喋りたそうな目をなされたので、口許へ耳を寄せました」

「片平は何と」

「『おかねを頼む』と仰せに」

「『おかねを頼む』か……ふうむ。して、そのことは」

「今はじめて口にいたしました」

目付の配下には何度も聞かれたが、片平は血を吐いて亡くなったという答えだけを卯三郎は繰りかえした。

「一日のほとんどは、ひとりで部屋に座らされておりました」

そのうちに相手は根負けしたのか、卯三郎は何も聞かれなくなり、処分も告げられずに解きはなちにされたという。

「今後のことは、追って御小納戸頭取からお指図があろうから、それまでは屋敷で謹慎《きんしん》しているようにと言われました」

「謹慎か。まるで罪人扱いだな。ふん、まあよい。おぬしは平気か」

「はい」

卯三郎は口許をぎゅっと引き締める。表情をみれば、平気でないことはあきらかだ。

無理もあるまい。公方への御目見得を済ませた当日、目のまえに座った相番が毒を啖《くら》って死んだのである。平常心でいられるはずもないのに、卯三郎はこちらを心配させぬように強がってみせる。

蔵人介は心の底から、申し訳ないとおもった。鬼役という理不尽な役目に就かせたことが申し訳ないのである。

幸恵が気を利かせ、盆に湯気の立った粥《かゆ》を載せてきた。

「おなかに優しいものからとおもい、鶏の出汁《だし》で玉子粥をつくってみました」

「ありがたい。では、さっそく」

熱い粥を蓮華《れんげ》で掬《すく》い、ひと口頰張った途端、卯三郎は相好《そうごう》を崩した。

「美味うござります。この世で一番の玉子粥にござる」

「大袈裟なおひとですねえ」

幸恵は朗らかに笑い、部屋から出ていく。

卯三郎は懸命に玉子粥を食べ、ことりと碗を置いた。

「養父上、これは手前勘にござりますが」

「ん、どうした」

「毒を盛った者の狙いは上様ではなく、片平さまのお命だったに相違ございませぬ。となれば、片平さまの御毒味を知っていた者の仕業かと」

「そうかもしれぬが、おぬしはしばらく休んでおれ」

「すでに、お調べなのでございましょう。それがしにもお教えください。片平さまのご無念を晴らしとうございます。恨みを晴らさぬことには、御毒味御用をつづける自信が持てませぬ」

「さもあろうな」

蔵人介はうなずき、今わかっていることを訥々《とつとつ》と語りはじめた。

七

串部に調べさせてみると、卜部了意の悪行は想像以上のものであった。

夜な夜な廓《くるわ》へ繰りだしては散財し、気に入った遊女を何人もまとめて閨《ねや》に誘う。人気者の花魁にはかならず唾をつけ、身請話を持ちかけたかとおもえば、平気で約束を反故《ほご》にする。酒癖が悪いうえに、遊女を道具としてしか扱わず、すこぶる評判は悪い。にもかかわらず、金を湯水と使ってくれるので、見世のほうでは上客として迎えるしかないようだった。

「内々でまことしやかに語られているはなしがございます」

了意はあるとき、『松葉屋《まつば》』で御職を張る三笠《みかさ》という花魁に目をつけた。ところが、三笠は気位《きぐらい》が高く、そう簡単にはよい顔をしてくれない。了意は大金を注ぎこみ、手を替え品を替えて掻き口説《くど》き、ようやく身請話まで漕ぎつけた。ところが、三笠に幼馴染みの情夫がいることがわかるや、人が変わったように逆上し、酒席で三笠に毒を盛ったのだという。

「三笠は命こそ助かったものの、片方の目がみえなくなり、喋ることもままならなくなったとか」

松葉屋にはいられなくなり、遊女の捨て場と称される東端の羅生門河岸《らしょうもんがし》に堕ち、今は安い客相手に春をひさいでいるらしい。

落ちぶれた三笠に了意が手を差しのべることなどあり得なかった。

そのことがあって以来、了意は「毒医者」と陰口を叩かれるようになったが、迷惑をこうむった見世側は毒を盛られた証しを立てることもできず、本人はあいかわらず平気な顔で遊んでいるという。

「ただし、遊女たちは三笠の二の舞いにだけはなりたくないと、了意には深入りせぬように気を付けているそうです」

松葉屋の遣り手《やりて》に小粒を摑ませて仕入れたはなしゆえ、ただの噂話と聞きながすわけにもいかぬ。

「とんだ法印があったものでござる。一刻も早く毒医者の尻尾を摑み、懲《こ》らしめてやるしかありませぬぞ」

串部は苦々しげに吐きすて、腰に差した同田貫の柄を撫《な》でてみせた。

ともあれ、性懲《しょうこ》りもなく廓通いにうつつを抜かしているようなら、金がいくらあっても足りない。納戸頭を脅して払方御納戸金の一部を着服させたとしても、何ら不思議ではなかろう。

納戸頭の三田村源兵衛については、公人朝夕人の伝右衛門が調べをすすめている。

囲炉裏之間で夕餉の毒味御用を済ませ、御納戸口に近い炭置部屋へ戻ると、壁際の暗がりに伝右衛門が佇んでいた。

「御部屋坊主の語ったはなし、裏付けを取ることができました」

払方御納戸金の出納帳が、表向きはわからぬように改竄《かいざん》されていたという。

使途不明の公金は今年だけで六百両近く、改竄が始まったのは一昨年である。

「一昨年は三百両、昨年は四百両と、年を追うごとに額が増えております」

出納帳の記載と管理は、納戸頭の三田村に任されている。すなわち、三田村源兵衛のほかに出納帳を改竄できる者はいない。

「卜部了意が法印になったのは一昨年。帳簿の改竄が始まった年と合致いたします。されど、ふたりの繋がりを証し立てする術は、今のところござりませぬ」

「さようか」

「宗竹の言ったとおり、三田村源兵衛は片平源悟さまの実兄でした。片平さまが毒を盛られた日の翌日から病と称し、出仕を控えております」

「良心の呵責に苛まれた兄が、弟に着服のことを正直に語った。実直な弟は了意を許すことができず、そそのかした事実を確かめるべく直談判に及んだ末に毒殺された。それが宗竹の描いた筋書きだ」

「あながち、外れてはおらぬかも。されど、片平さまがむざむざ犬死にするともおもえませぬ。直談判に及んで毒殺されたとなると、犬死にも同然にござりますからな」

「やはり、毒を盛られた理由はほかにあるということか」

蔵人介が溜息を吐くと、伝右衛門はことばを接《つ》いだ。

「卯三郎どのは、今際《いまわ》のことばを聞かれたのでしたな」

「ふむ。『おかねを頼む』とつぶやき、片平はこときれたそうだ」

「おかねとはいったい、何のことでしょうか」

「わからぬ」

肝心なことは藪の中、伝右衛門も苦笑するしかない。

「そういえば、大奥で御側室の逆子を無事に取りあげたはなしがありましたな」

佐山九郎兵衛の実父、石渡柳庵が涙ながらに語ったはなしだ。

「それはおそらく、三月前の出来事にござりましょう。柳庵なる町医者に救われた御側室はお辰《たつ》の方《かた》。無事に取りあげられた子は男の子でしたが、つい先だって流行《はやり》病《やまい》でお亡くなりになりました」

「そうであったか。柳庵どのが知れば、がっかりするであろうな」

「注目すべきは隣部屋で亡くなった御側室、お袖《そで》の方にござります」

「お袖の方がどうかしたのか」

「ご存知でしょうか」

伝右衛門に大奥内の力関係を問われ、蔵人介は首をかしげた。

ほとんど関心がないので、大雑把《おおざっぱ》なことしかわからない。大奥は今、ふたつの勢力に分かれていた。ひとつは「一位様」の後ろ盾を得て威勢を張る高倉局《たかくらのつぼね》、もうひとつは世嗣の生母お美津の方の後ろ盾となっている姉小路である。

伝右衛門によれば、双方は陰に日向に角突き合い、熾烈な権力争いを繰りひろげているという。

「柳庵に命を救われたお辰の方は、高倉局の側に与《くみ》しておりました。一方、死産ののちに亡くなったお袖の方は、姉小路さまの側に与していた。しかも、お袖の方に役に立たぬ薬を処方した医師頭の了意は、高倉局からすこぶる気に入られております」

だからといって、了意がお袖の方に毒を盛ったなどという証しは立てられない。ただし、姉小路側の側室や身分の高い女中たちは、お袖の二の舞いになるのは御免だとばかりに、了意の看立を拒んでいるという。

公方家慶は五十歳を超えてもなお精力に衰えをみせておらず、今も寵愛《ちようあい》して止まぬ年若い側室がふたりあった。

「おひとりは、お琴《こと》の方にござります」

小身旗本の娘という触れこみで大奥にあがったが、じつは誰もが知っているとおり、紀州家の付家老《つけがろう》である水野土佐守忠央《みずのとさのかみただなか》の妹にほかならない。土佐守は陪臣《ばいしん》の身分を脱して直参《じきさん》大名になる野望を叶《かな》えるべく、高倉局を介して一位様に取り入り、利発で美しい妹をまんまと側室にしてしまったのである。

一方、もうひとりの側室はお金《かね》の方という。こちらは御納戸役の娘として大奥入りしたが、じつは京橋南鍋町《みなみなべちょう》に店を構えた菓子屋風月堂《ふうげつどう》の娘であった。京橋小町《こまち》と評された美人である。幕政の舵取《かじと》りを担っていた水野越前守忠邦が市中で見初《みそ》め、家慶の側室にすべく三顧《さんこ》の礼で大奥へ迎えいれたのだ。越前守の意を汲んで家慶との仲立ちをおこなったのは、姉小路にほかならない。

すなわち、家慶の寵愛を一身に得ようとする側室ふたりの競い合いは、とりもなおさず、大奥における高倉局と姉小路の覇権争いに結びつき、双方のあいだで禍々《まがまが》しい出来事が生じる危うさは否めなかった。

「片平さまが今際につぶやいたことばを伺い、それがしは何故か、お金の方を頭に浮かべてしまいました」

伝右衛門は去りかけ、襖の手前で振りかえる。

「それともうひとつ、闇猿《やみざる》なる連中が動いております」

「闇猿」

「やはり、ご存知ありませせなんだか」

御広敷の忍びであるにもかかわらず、忠義ではなく利で動く連中だという。佐山九郎兵衛を斬った忍びも、闇猿のひとりだったのか。

「されば、これにて」

伝右衛門の気配は消えた。

片平源悟とお金の方の繋がりはみえていない。

縺《もつ》れた糸を解くにはどうすればよいのか、蔵人介は考えあぐねた。

八

公金を着服した三田村源兵衛の屋敷は、大久保《おおくぼ》上新道にある。

御納戸町にも近いため、串部に張りこませていた。

動きがあったのは囲炉裏之間へ伺候した二日後、三田村は夕刻になってから両刀も差さずに外にあらわれ、ふらつく足取りで近くの二尊院《にそんいん》へ向かった。

串部が明樽《あきだる》拾いの小僧を使いに寄越したので、蔵人介もさっそく出向いたのである。

二尊院は卯三郎の許嫁となった門脇志保里が、弁財天《べんざいてん》の御加護にあやかるべく月に一度は参じる神社でもあった。中根《なかね》坂から尾張藩邸の外周に沿って市ヶ谷町《たにまち》へ向かい、大久保余丁町《よちょうまち》の武家地を乾《いぬい》の方角へ進めば行きつく。

正面に立つ南の鳥居が、夕陽を浴びて臙脂《えんじ》色に染まっていた。

左手の鬱蒼《うっそう》とした杜《もり》は七面大明神を祀る法善寺《ほうぜんじ》、桜の名所として知られる寺領の向こうには、境内に富士塚の築かれた西向《にしむき》天神もある。散策がてらによく訪れているので、この辺りは庭も同然だった。

二尊院の開基《かいき》は古く、八百年近くもまえの平安《へいあん》後期まで遡る。鎮守《ちんじゅ》府将軍の源《みなもと》八幡太郎義家《はちまんたろうよしいえ》が奥州平定《おうしゅうへいてい》に向かう際、富士山をのぞむ風光明媚《ふうこうめいび》な高台で戦勝祈願をおこなった。奥州平定を成し遂げた帰途、お礼の気持ちを込めてこの地に厳島《いつくしま》神社を勧請《かんじょう》したのだという。

境内の参道は、南北に通り抜けができる。さらに、義家が苦難を切り抜けたという伝承に因《ちな》み、抜け弁天と称されるようになった。元禄《げんろく》の頃には大久保の広大な土地に四万四の野良犬を収容する犬小屋が築かれ、抜け弁天も犬小屋の一部に使われていたらしいが、今は面影もない。

南の鳥居を潜れば参道の向こうに北の鳥居がみえ、狭い境内の一角に築かれた舞台上では、雅楽の演奏に合わせて奉納の舞いがおこなわれていた。

――ごおん。

暮れ六つを報せる月桂寺《げっけいじ》の時之鐘《ときのかね》も響いている。

拝殿のそばから、蟹のような体軀《たいく》の厳《いか》つい男が手を振ってきた。

串部だ。

さっそく向かってみると、賽銭箱の手前で侍がひとり熱心に手を合わせている。

月代も剃らず、みるからにうらぶれた風体だった。

三田村源兵衛であろう。

三田村は長い祈りを終えると、舞台のほうへ向かい、じっと佇んだまま舞い手に目を貼りつける。

舞い手はふたりおり、老爺《ろうや》役は咲面《えみめん》をつけ、老婆役は腫面《はれめん》をつけている。滑稽《こっけい》な動きをみれば、安摩《あま》の舞人《まいびと》のまねをしても上手くいかぬ『二の舞い』であることは察せられたが、老婆役のつけた腫面が何とも奇怪至極《しごく》な面相だった。

両瞼《まぶた》は腫れ、半開きの口は大きく歪《ゆが》み、額と頰には深い皺が刻まれている。瞼や頰が異様なほどに盛りあがった面相《めんそう》は、深い苦悩を写しながらも観る者すべてを圧倒する力強さを秘めていた。

蔵人介は舞いに気を取られながらも、三田村の背後に近づいていく。

「もし、三田村源兵衛どのでは」

名を呼ぶと、うらぶれた男は驚愕《きようがく》したように振りかえった。

「あ、いや、けっして怪しい者ではござらぬ」

蔵人介は慌てて、みずからの素姓を告げる。

「先日まで御膳奉行を務めていた矢背蔵人介にござる」

「ああ、矢背どのでござるか」

素姓を知るや、三田村は警戒を解いた。

「亡くなった源悟から、お名は伺っておりました」

「やはり、片平源悟どのはご実弟だったのですね」

「はい、あれには申し訳のないことをしました。それがしはさきに生まれたばっかりに、三田村家を継いだ。されど、誰がみてもあきらかに、源悟のほうが優れておった。家を継ぐべきは、源悟のほうでござりました。あれが継いでおれば、今のような惨状にはならなんだに相違ない」

「ご自身を責めてはならぬ。いくら責めても、源悟どのは戻りませぬぞ」

厳しい口調で諭すと、三田村は冷静さを取りもどしたようだった。

「矢背さまのことを、源悟は敬っておりました。神々しい毒味の所作を、一度でよいからみせてやりたい。あのすがたを目にした者は誰であろうと、稲妻に打たれるような衝撃を受け、その瞬間から矢背蔵人介を信奉するようになるだろうと、瞳を輝かせながら力説しておりました」

「源悟どのさえ笹之間におれば、後顧《こうこ》の憂《うれ》いはなきものと考えました。毒を盛られたあの日は、それがしに替わって愚息《ぐそく》の卯三郎が初めて笹之間に出仕した日でもあった。源悟どのは卯三郎の目のまえで毒を口にされたのでござる」

「何と……存じあげませなんだ」

「それゆえ、こうして足を運びました。それがしは是が非でも、源悟どののご無念を晴らしたい。いったい、誰が毒を盛ったのか。実兄の三田村どのならば、見当がつくこともあろうかと」

顔を近づけて睨みつけると、三田村は観念したように肩の力を抜いた。

「すでに、御用金着服のことはお調べなのでござろう」

「いかにも。調べはしたが、御目付筋には告げておらぬ」

「かたじけのうござります。あまりに重い罪を犯してしまいました。腹を掻《か》っ捌《さば》いたところで、それがしの罪は消えませぬ」

「御母堂が胸の病で苦しんでおられた。みかねたそこもとは、どうにかしたいとおもっていた。ちょうどそのとき、奥医師の卜部了意から禍事《まがごと》を囁かれた。払方御納戸金の一部をこちらへまわせば、高価な薬を処方しようと」

「魔が差したのでございます。されど、一度目が存外に上手くいったので、二度、三度と繰りかえすようになった」

「やはり、了意にそそのかされてやったことなのだな」

「はい」

「そのことを、源悟どのにも告げたのか」

「ひとりでは抱えきれず、源悟に打ちあけました。激昂《げきこう》するかとおもえば、そうはならず、意外にも冷静にはなしを聞いてくれた。しかも、了意についてはおもうところがあるゆえ、着服の件はしばらく表沙汰にせず、自分にすべて預からせてほしいと、源悟は言ったのです」

「預からせてほしい。それはいつ頃のはなしか」

「毒を盛られる五日前のはなしにございます」

「すると、源悟どのは了意と会っておらぬのか」

「それがしの知るかぎり、会ってはおりませぬ」

片平源悟は着服のことを知りつつも、卜部了意のもとを訪ねて責めたてるようなことはしなかった。やはり、毒を盛られた理由は別にあると考えるべきかもしれない。

「それがしも、源悟が毒を盛られた理由をずっと考えておりました。されど、いくら考えてもわかりませぬ。それゆえ、抜け弁天の御本尊に教えを乞うべくまいったのでござる」

「源悟どのは、抜け弁天と何か関わりでも」

「許嫁になった風月堂の娘と、ここで将来を誓い合っておりましたもので」

「風月堂とは菓子屋の」

「京橋小町と評された娘と、源悟は相惚《あいぼ》れの仲にござりました」

どくんと、鼓動が脈打った。

三年前のはなしだという。源悟は岡惚《おかぼ》れした商家の娘を嫁にしたいと言い張り、実家の父親に凄《すさ》まじい剣幕《けんまく》で反対された。養子先にも顔が立たぬし、商家の娘なんぞといっしょになれば、世間から何を言われるかわかったものではない。それでも、源悟は勘当《かんどう》されてもいっしょになると決意し、熱い恋情を娘に告げ、抜け弁天で将来を誓い合ったのだという。

ふたりの気持ちに絆《ほだ》された兄の源兵衛は介添人の役を引きうけ、誓いの場にも居合わせた。ところが、そうしたおり、娘のほうにとんでもないはなしが舞いこんできた。何と、老中の水野忠邦から直々に大奥奉公を打診されたのだ。

店にとってはまたとない朗報であったが、源悟の嫁になると決めた娘にしてみれば複雑なおもいだったにちがいない。

「娘は悩んだあげく、三年待ってほしいと、源悟に伝えたそうです。三年待って大奥奉公を終えたら、かならず御膳奉行の立派な妻になってみせる。一本気な源悟は娘のことばを信じ、嫁取りも拒んで御役目を全うすることだけに専念いたしました。されど……」

三田村源兵衛は唇を嚙みしめ、口惜しげに舞台をみつめた。

もはや、娘の名を尋ねるまでもあるまい。

旗本の養女となって大奥へあがったお金の方は、水野忠邦や姉小路の強力な推薦も手伝ってか、公方家慶のお眼鏡にかない、寵愛を受ける側室のひとりになった。

そのことを知った源悟の苦悩は、今となっては想像もできない。ただ、今際に口走った「おかねを頼む」の「おかね」がお金の方であろうことは容易にわかる。

「ひょっとしたら、源悟はお金の方のことを探っておったのかも」

はからずも兄はそう言い、顔に生気を蘇らせる。

「おもいだしたことがございます。源悟は申しておりました。了意だけを裁いても事は収まらぬと……そうだ、きっとそうにちがいない。了意には後ろ盾がおるのでござる。源悟はそれに気づき、隠密裡《り》に調べをすすめた。ところが、敵に気取《けど》られ、命を縮めたのだ」

三田村はなおも喋ろうとしたが、高鳴る雅楽の調べに遮られた。

緊迫した空気を裂くかのように、黒い何かが飛来してくる。

あっと、声をあげる暇もない。

三田村の額には、楔《くさび》形の棒手裏剣《ぼうしゅりけん》が刺さっていた。

「くうっ」

串部が呻き、屍骸に駆け寄る。

蔵人介は身構えたまま、辺りに目を凝らした。

見物人の誰ひとりとして、異変に気づいた者はいない。

舞台のうえでは、腫面と咲面があいかわらず滑稽な舞いを披露していた。

「二の舞いか」

優雅な調べに耳をかたむけつつ、蔵人介はふたりの舞い手を睨みつけた。

九

冬至《とうじ》を迎えた朝、江戸に初雪が降った。

雪はしんしんと降りつづけ、夜にはようやく止んだが、積もった雪のせいで足許は心許ない。

「こんな夜にいそいそ出向いてくる客は、よほどの色狂いとしか言いようがありませぬな」

串部は綿入れの襟を寄せ、ぶるっと身を震わせる。

蔵人介は顔をあげ、夜空に浮かぶ丸い月を眺めた。

ふたりは吉原へと通じる衣紋《えもん》坂の上、吉徳《よしとく》稲荷の鳥居脇に佇んでいる。

道を挟んで向こうには見返り柳が立っており、風に吹かれて揺れる枝からは雪がはらはら落ちてきた。

客が衣紋を直す衣紋坂は、五十間《けん》におよぶ三曲がりの坂道だ。

緩やかな坂道を下っていくと、板葺《いたぶ》き屋根付きの吉原大門《おおもん》がみえてくる。

意外にも簡素な冠木《かぶき》門の左手には町奉行所隠密廻りの拠《よ》る面番所《めんばんしょ》、右手には遊女の出入りを監視する四郎兵衛《しろべえ》会所が控えていた。左手の潜り戸の向こうには辻行燈が灯り、潜り戸の手前には客待ちの四《よ》つ手《で》駕籠が何挺《ちょう》か見受けられよう。医者以外は駕籠で大門を潜ることは許されていない。

大門の向こうには、華やかな喧噪《けんそう》が待ちかまえていた。水道尻《すいどじり》までの南北百三十五間を貫くのは仲之町《なかのちょう》、大路の左右には鬼簾《おにすだれ》と花色暖簾で飾った引手《ひきて》茶屋が軒を連ね、灯《ひ》ともし頃には花魁道中もおこなわれる。客たちはいやが上にも極楽気分を喚起させられ、ほろ酔い気分で有り金を散財してしまう。

されど、さすがに初雪の降った今宵ばかりは、衣紋坂を下っていく人影も少ない。駕籠かきも酒手《さかて》を弾まねば、おいそれと雪道を下ってはくれまい。

「ふう、爪先まで凍えちまう。大門の向こうは、さぞや暖かいでしょうな」

串部は未練がましく同じ台詞を繰りかえし、重ねた掌《て》に白い息を吐きかける。

「文句を言うな。波銭《なみせん》の裏を出したのは、おぬしではないか」

「はあ、されど、色欲に溺れた医者坊主を大門の内と外のどちらで襲うのか、波銭で決めようと仰せになったのは殿でござる。何故に、さような決め方をされたのですか」

別に理由はない。

「まあ、運試しだな」

「けっ、運試しか」

串部は横を向いてひとりごち、手にした波銭を抛った。

受けとって掌を開くと、青海波《せいがいは》が目に飛びこんでくる。

「何度やっても裏しか出ない。それがおぬしの人生かもな」

「くそっ」

口惜しがる串部をみやり、蔵人介はさも可笑《おか》しそうに笑う。

串部は鳥居の端まで進み、罰当たりにも放尿しはじめた。

「医者坊主め、覚悟しておけよ」

三月前に亡くなったお袖の方が毒を盛られた証しは立てられず、それは姉小路側からわざと流された噂であることも否めない。払方御納戸金の一部を三田村源兵衛に着服させたのはお匙の卜部了意だが、佐山九郎兵衛を使って片平源悟に毒を盛らせた証しも得られたわけではなかった。

このところつづいた禍事の真相とは何なのか。

すべては、了意本人が知っている。

大物の後ろ盾がいるのであれば、本人から聞きだせばよいはなしだ。

鬼役の相番として、片平源悟の無念を晴らしてやりたい。

その一念をもって、蔵人介は吉原へやってきた。

ただし、衣紋坂は下らず、帰りの駕籠を襲う。

たいていの客は柳橋辺りから猪牙舟《ちょきぶね》を使い、山谷《さんや》堀に架かる今戸《いまど》橋から陸《おか》へあがり、土手《どて》八丁《はっちょう》とも称される日本堤《にほんづつみ》を四つ手駕籠で揺られてくる。ところが、人目を避けたい事情のある者は浅草寺《せんそうじ》の裏門から北へ抜け、編笠《あみがさ》茶屋の並ぶ上り坂を通って日本堤へ出る道筋からやってきた。

客が茶屋で足の泥を洗うところから「どろ町」とも呼ばれる辺りである。宝仙寺駕籠に揺られた了意が浅草寺の裏門から抜けてきたのは確かめていた。帰りも同じ道筋を通るはずだ。しかも、翌朝の出仕に遅れぬように、子《ね》ノ刻には帰路に就くこともわかっている。

廓通いの医者にすぎぬのに、了意は偉そうに両刀差しの供侍をふたりも随行させていた。供侍たちをどうにかして拐《かどわ》かすには、人気のない「どろ町」の下り坂で駕籠を襲えばよい。

「頃合いでござりますな」

小便から戻った串部が、手の臭いを嗅ぎながら渋い顔をする。

腰の同田貫を抜くこともなかろうが、油断はできない。

「されば、拙者はひとあし先に。道をふさいでおります」

串部は寒そうに背を丸め、道を横切っていく。

見返り柳のそばで、お約束とばかりに振りかえり、不敵な笑みを浮かべてから暗がりへ遠ざかった。

しばらく待っていると、子ノ刻を報せる時鐘《じしよう》が鳴りはじめる。

「……あん、ほう、あん、ほう」

三曲がりの坂下から、駕籠かきの鳴きが近づいてきた。

提灯を手にした供侍につづいて、駕籠面があらわれる。

了意を乗せた駕籠だ。

「まいるか」

蔵人介は一団をやり過ごし、おもむろに雪を踏みしめた。

駕籠は素早く進めぬため、駆け足で追いかけるまでもない。

見返り柳の脇を過ぎると、おもったとおり、駕籠は日本堤から右手の脇道へ逸れた。

緩やかな下り坂の途中では、串部が仁王立ちで待ちかまえているはずだ。

悪徳医者を這《は》いつくばらせる「どろ町」は、雪の衣に覆われている。

駕籠の一団につづいて、蔵人介も脇道へ逸れた。

「すわっ、くせ者」

供侍の叫びとともに、駕籠が動きを止める。

そのときだった。

――ひゅるる。

一本の鏑矢《かぶらや》が天空に弧を描いた。

これを合図に弓音が重なり、夜空に炎の筋が幾つも走る。

「火矢《ひや》か」

一本の火矢が供侍の胸に突きたつや、凄まじい勢いで爆破した。

――どん、どん。

深更《しんこう》の静けさを破り、炸裂音《さくれつ》が連続する。

廓の連中は驚いて褥《しとね》から跳ねおき、季節外れの花火でも打ちあげているとおもったにちがいない。

射られた矢の鏃《やじり》には、火薬が仕込まれていた。

忍びの使う大黒《だいこく》火矢であろう。

ふたり目の供人も背中を射られ、爆死してしまう。

「うわああ」

駕籠かきたちは尻をみせて逃げたが、置き去りにされた駕籠は火達磨《ひだるま》と化しつつあった。

「ぬおっ」

串部は果敢《かかん》に突っ込み、駕籠のそばへ向かう。

蔵人介も駕籠をめざし、一気に坂道を下っていた。

大黒火矢は飛来せず、暗がりに潜む者たちの気配も遠ざかる。

串部は羽織を脱ぎ、必死の形相で駕籠の火を消そうとした。

だが、もはや、了意は生きておるまい。

口を封じに掛かったのは、得体の知れぬ忍びどもであろうか。

蔵人介は殺気を感じた。

「串部、気を付けよ」

叫ぶやいなや、駕籠が横倒しになり、内から黒い影が飛びだしてくる。

「うぬっ」

串部は身を反らした。

氷のような白刃が一閃《いっせん》する。

串部は胸を斬られ、どしゃっと尻餅をついた。

——ばすっ。

蔵人介は駆けより、腰の鳴狐を抜きはなつ。

——ぶん。

抜き際の一刀は空を斬った。

黒い影は二間余りも飛び退き、ふわりと地に舞いおりる。

笑っていた。

顔ではなく、それは面のようだ。

奉納の『二の舞い』を演じる老爺の咲面であった。

「闇猿か」

蔵人介が漏らすと、咲面の刺客は背を向けた。

「待て」

虚空に響くのは、情けない自分の声だ。

串部を抱き起こすと、斬られた傷を痛がった。

着物を裂いてみると、血が流れているわりには、さほどの深傷《ふかで》でもない。

分厚い胸板のおかげで、命拾いしたのだろう。

「傷は浅いぞ」

常備した膏薬《こうやく》を塗り、晒布《さらし》できつく締めてやると、串部は地団駄を踏んで口惜しがった。

無理もあるまい。まんまと一杯食わされたのだ。

道端には黒焦げになった供侍たちの屍骸が転がっている。

こちらを脅して手を引かせるつもりなのか、それとも、本気で葬ろうとしたのか、判然としないが、ひとつだけはっきりしているのは、こちらの一手が完璧に読まれていたということだ。

いずれにしろ、容易ならざる相手にちがいない。

わずかでも油断すれば、足を掬われかねなかった。

「殿、夜鳴き蕎麦でもたぐってまいりましょう」

串部の惚《とぼ》けた誘いに、蔵人介は素直にうなずいた。

卜部了意はまだ、生かされている。

使い道があるからこそ、生かされているのだろう。

十

翌日も朝から雪になった。

城内は冷え冷えとし、廊下の床が氷のように感じることもある。

床にくらべれば、部屋の畳はそれほど冷たくもない。

ことに、火を使用する囲炉裏之間のなかは暖かかった。

毒味御用を終えると、常にはない重苦しい気分に襲われた。

物事がおもいどおりに進んでおらぬせいであろうか。

相番役は神部丈八だが、御膳を運んでくる若手のなかに有川保の顔はなかった。

ほかの小姓たちの眼差しは冷たく、神部に言われているせいもあるのか、こちらをみようともしない。

「されば、これにて」

蔵人介は石のような若手に一礼し、襖を開けて寒い廊下へ出た。

一瞬、見張られているように感じたが、気のせいであろう。

炭置部屋へ戻ってきた頃には、すっかり忘れていた。

襖を開け、何の気なしに敷居の内へ踏みこむ。

「ん」

部屋の片隅に、何者かの気配がわだかまっていた。

血腥《ちなまぐさ》い臭いもする。

「誰かおるのか」

身構えた。

ぽっと灯《とも》りが点り、暗がりに面妖《めんよう》な顔が浮かぶ。

「うっ」

異様に肉の盛りあがった顔の正体は、抜け弁天で目にした腫面にほかならない。

すかさず、脇差の柄を握った。

一歩踏みだそうとするや、足許にばらばらと鉄菱《てつびし》を撒《ま》かれる。

「寄れば足裏に穴が開くぞ」

くぐもった声が聞こえてきた。

「尿筒《しとづつ》持ちも仲間のようじゃな。あやつは目障りな鼠ゆえ、いずれ、ひねり潰さねばなるまい」

「おぬし、闇猿か」

「さあな。いかな矢背蔵人介でも、これ以上深入りすれば火傷《やけど》するぞ。くふふ、鬼役が影鬼になったところで、大奥の闇を裁くことはできまいて」

――大奥の闇。

やはり、大奥の覇権争いが絡んでいるのか。

蔵人介は、三白眼に睨みつけた。

「おぬし、誰の命で動いておる」

「探るなと言うておろう。くふふ、さればな」

腫面の刺客は、ふっと消えた。

見上げれば、天井の板が一枚外されている。

「くっ、逃したか」

部屋の隅には、別の誰かが蹲《うずくま》っていた。

屈んで鉄菱を除き、慎重に歩《ほ》を進める。

近づいてみると、屍骸であることはわかった。

腫面の刺客に殺《や》られたのであろう。

腹を裂かれているようだった。

俯いているので、誰かはわからない。

蔵人介はさらに近づき、屍骸の髷を掴んで引きおこす。

「あっ」

何と、小姓の有川保ではないか。

すぐさま、罠に嵌められたと気づいた。

「矢背さま、失礼いたします」

背後の襖が開き、丸火鉢を抱えた宗竹がはいってくる。

「うっ、臭っ……」

宗竹は蔵人介だけでなく、血溜まりに蹲る屍骸もみつけた。

「……ひっ、ひゃああ」

帛《きぬ》を裂くような坊主の悲鳴を待っていたかのように、廊下の向こうがにわかに騒がしくなり、どやどやと跫音が近づいてくる。

「変事か、何があった」

小姓たちが躍りこんできた。

佇む蔵人介の背後には、有川の屍骸が蹲っている。

小姓たちは棒立ちになり、声すら失ってしまった。

さらに、その背後からは、別の連中がやってくる。

「御目付の命でまいった。そこを退け」

徒目付《かちめつけ》たちであろう。

あらかじめ、この部屋に屍骸があることを知っていたかのように、水際だった動きをしてみせる。

「矢背蔵人介、おぬしが殺ったのか」

「さようなはずがあるまい」

力無く首を振ると、左右から腕を取られた。

脇差を鞘ごと奪われても、抗うことはできない。

下手に抗えば、この場で無礼打ちにされかねなかった。

「さあ、来い」

大柄なふたりに腕を抱えられ、廊下へ引きずりだされる。

いつの間にか、坊主や小役人たちが人垣を築いていた。

「足袋を脱がせろ」

誰かの指図にしたがい、徒目付が紺足袋を外す。

まるで、罪人のごとき扱いを受け、御納戸口から外へ突きだされた。

しかも、別の者が待ちかまえており、後ろ手に縛られたうえに、手拭いで目隠しまでされてしまう。

「とっとと歩け」

背中を小突かれ、蔵人介は裸足で歩きはじめた。

連れていかれるさきは、大奥の御広敷であろうか。

卯三郎が留め置かれていたのと同じ部屋かもしれない。

いったい、敵は何をしたいのだろう。

闇猿なる者たちは、誰に命じられているのか。

あらゆる疑念が頭に浮かんでは消え、悪事の輪郭をおぼろげなものにする。

いずれにしろ、まっさきにやらねばならぬのは、小姓殺しの濡《ぬ》れ衣《ぎぬ》を晴らすことだ。

が、はたして、おのれひとりで乗りきることができるのかどうか。

城内で頼るべきは、腫面の刺客に「鼠」と揶揄された伝右衛門しかいない。

闇猿たちの目をかいくぐり、はたして、救いにきてくれるのか。

伝右衛門を信じて待つよりほかにないと、蔵人介は覚悟を決めた。

闇猿

一

小姓殺しの濡れ衣を着せられることになれば、即刻、斬首は免れない。

だが、蔵人介は御広敷の何処かとおぼしき黴《かび》臭い部屋に、縛《いまし》めも受けずに留め置かれた。

おそらく、三日は経ったであろう。

日差しの射しこまぬ部屋ゆえ、正確な刻限はわからない。

研ぎすまされた鬼役の感覚が、三日目の夕刻であることを告げていた。

襖のそばには茶碗一杯の飯と海苔の佃煮《つくだに》、それと冷めた茶が置いてある。

部屋の隅には有明行燈が設《しつら》えられ、畳に心許ない灯りを投げかけていた。

佃煮を嘗めると毒がふくまれていたので、食べるのも呑むのもいっさい控えている。三日程度は呑まず食わずで過ごすことはできるので、窶《やつ》れてはみえず、月代と髭が伸びはじめた程度の変化しかない。

部屋に連れこまれて以来、目付の調べはおこなわれていなかった。

人の気配が近づいてきたのは、一刻ほど経過した頃のことだ。

前触れもなく襖が開き、ふたりの人物がはいってきた。

年嵩《としかさ》の厳つい体軀の人物と色白の若い配下だが、蔵人介はいずれも目にしたことがない。

ふたりは上座に並んで座り、勝ち誇ったように嘲笑った。

「御広敷用人、富樫無間斎《とがしむげんさい》じゃ。これは配下の沢木志津馬《さわきしづま》、鬼役の顔をじっくり眺めたいと申すゆえ、連れてまいった」

富樫は襖のそばに置かれた飯碗に目をやる。

「さすが鬼役、毒に気づいたようじゃな」

「わしを試して何とする」

「試したわけではない。遊んでやったのよ」

「くく」

富樫のことばを受け、かたわらの沢木が可笑しげに笑う。

蔵人介は顔色も変えず、平板な口調で尋ねた。

「小姓の有川保を殺めたのは、おぬしらか」

「んなわけがあるまい。小姓頭取の神部丈八は存じておろう。神部は男色でな、有川に粉《こな》を掛けたが、拒まれた。有川には、ほかに好いた相手がおったのだ。それゆえ、神部は逆上し、有川を殺めた。どうやら、そういうことらしい」

神部がみずからの罪を隠すため、蔵人介に濡れ衣を着せようとしたとでもいうのか。

「さようなはなし、信じるとおもうのか」

「御目付はまず、信じまいな。たとい、それが真相であっても、表沙汰にはできぬ。有川保は急の病で死んだことにされ、有川家は部屋住みの次男坊に後を継がせて一件落着というわけだ」

蔵人介は首をかしげた。

「わしはどうなる」

「どうなるかは、おぬし次第じゃ。ふふ、おぬしを捕らえれば、どのあたりが動きだすのか、見極めてやるのが目的よ」

「どういうことだ」

「ふん、惚けおって」

富樫は沢木と目を合わせ、声をあげずに笑った。

「鬼役には裏の役目がある。おぬし、上からの密命で動いておるのであろう。密命を下す者が誰で、仲間は何処にどれだけおるのか、知りたいのはそのことよ。もっとも、おぬしがわしの配下になると誓うなら、さようなまわりくどいことはせずともよい。御納戸町で暮らす家人もろとも、終生面倒をみてつかわそう」

「配下にして、何をさせる気だ」

「忍び狩りじゃ。わしの差配する伊賀者は一枚岩ではない。はぐれ忍びや転び忍びといった連中が隠れておってな、そやつらを始末してほしいのよ。ことに、闇猿とか呼ばれておる連中は厄介でな、一刻も早く根絶やしにせねばならぬ。されど、わしらは手の内を知る者同士、下手をすればこっちが寝首を掻かれるやもしれぬ。御広敷と関わりのないおぬしなら、上手くやってくれるものと踏んだのさ」

配下になると誓えば、さっそく密命を与えて解きはなちにするという。

「狩る者の名を教えるゆえ、三日以内に事を済ませよ。できねば、つぎはない。われらの内情を知ったおぬしは、この世から抹殺される」

「拒めば、この場で斬るのか」

「そうしてほしくばな」

かたわらの沢木が殺気を帯びた。

蛇のような眼差しで、執拗《しつよう》にみつめてくる。

何やら色気すらも帯びており、歌舞伎の女形《おんながた》を連想させた。

「待て、沢木。鬼役の血で畳を穢《けが》すでない」

「はっ」

富樫をみつめる沢木の眼差しが尋常ではない。ふたりはおそらく、ただならぬ仲なのだろう。精神の奥深いところで繋がっており、富樫が死ねと命じれば、沢木は喜んで自刃してのけるにちがいなかった。

このふたりこそが闇猿なのではないかと、蔵人介は疑った。

「ふふ、逃れたくば勝手に逃れるがよいわ。ただし、この部屋を出れば、おぬしは針の筵に座ったも同然となろう。何しろ、小姓たちは仲間を殺められたと疑っておろうからな。背中をぐさりと刺そうとする者がおっても不思議ではない」

こちらの返答も聞かず、ふたりは部屋から消えた。

蔵人介はすぐに動かず、真夜中になるのを待った。

それから、さらに一刻余りが経ったであろうか。

襖が静かに開き、有明行燈の炎が揺れた。

忍びこんできたのは、伝右衛門である。

「遅くなりました」

「ふむ、おぬしにしては手間取ったな」

「あのあと、若い小姓がひとり、みずからの屋敷で命を絶ちました。常から同じ小姓の有川保を慕っており、有川がほかの小姓に粉を掛けているのを知って、嫉妬《しっと》に駆られたすえに殺めた。そののち、みずからもあとを追ったという顚末《てんまつ》にござる」

富樫の語った筋書きとは異なるが、ともあれ、有川を殺めた者は明らかになった。何故、炭置部屋へ屍骸が運ばれたのか、そこだけは説明がつかない。ゆえに、目付の疑いは容易に晴れず、身分の高い人物に骨を折ってもらわねばならなかった。そうした経緯で、助けにくるのが遅れたらしい。

「お口添えしていただいたのは、阿部伊勢守さまか」

「いいえ、如心尼さまにござる」

「如心尼さまか」

「真夜中でもよいので、訪ねてきてほしいとのこと。この部屋から逃れたら、その足で桜田御用屋敷へ向かっていただきます」

「ずいぶん急なはなしだな」

「のんびりとしてはいられませぬ」

めずらしくも、伝右衛門に焦りの色がみえた。

敵に素姓がばれているのを、わかっているのだろうか。

「御広敷用人の富樫無間斎は存じておるか」

「無論にござる」

「あやつこそが闇猿の首領《しゅりょう》とみたが、おぬしはどうおもう」

「かもしれませぬ。されど、富樫は傑出した忍びでもあるゆえ、けっして尻尾を摑ませぬはず」

「炭置部屋には、闇猿の首領とおぼしき腫面の男が待ちかまえておった。おぬしを目障りな鼠と呼び、いずれはひねり潰さねばならぬと申した。わしらの関わりや密命のことも先刻承知のようでな。いずれにしろ、有川保の屍骸を運んだのはあやつらだ。何らかの企みをすすめるにあたって、わしらが邪魔なのであろう」

「お袖の方の死も、片平源悟さまの死も、一連の禍事はすべて繋がっております。このたびの出来事も、調べをすすめるわれらへの脅しにほかなりませぬ」

無論、脅しに屈するわけにはいかぬ。

「されど、おぬしのことがちと案じられてな」

「ふっ、それがしの心配をなさるとは、矢背さまらしくもありませぬな」

「城内では助ける者もおらぬゆえ、案じておるのよ」

「たしかに、富樫無間斎を敵にまわせば、脅威となりましょう。ただし、それがしは公人朝夕人にござります。上様のおそばにお仕えしているかぎり、いっさい手出しはできませぬ」

「それはまあ、そうであろうがな」

伝右衛門に導かれて部屋を抜けだすと、やはり、御広敷の一隅にある隠し部屋であることがわかった。

御納戸口から外へ逃れると、身を切るような風が吹いている。

空一面は漆黒の雲に覆われ、今にも白いものが落ちてきそうだ。

御濠を渡って日比谷門の手前まで進み、ふたりは左右に分かれた。

歩みを止めて振りかえると、遠くのほうで伝右衛門も振りかえっていた。

やけに白い顔を眺めていると、言い知れぬ不安が込みあげてくる。おもわず声を掛けようとしたが、伝右衛門はこちらを振りきるように背をみせ、暗闇に吸いこまれていった。

二

桜田御用屋敷に如心尼を訪ねるのは、ずいぶん久方ぶりのような気もする。

いつもは若い尼僧の里が案内に立つのだが、導き手は御庭の者《おにわもの》として仕える隻腕《せきわん》の小籔半兵衛《こやぶはんべえ》であった。

脇道から屋敷の裏へ進み、枯れ葉を踏みしめて庭へ出る。広い庭には瓢簞池《ひょうたん》があり、朱の太鼓橋が架かっていた。提灯に照らされながら橋を渡ったさきには、竹垣に囲まれた柿葺き《こけらぶ》の庵が建っている。

「されば、拙者はこれにて」

余計なことは喋らず、半兵衛は橋の向こうへ戻っていく。

茶室のごとき入口の軒下には「如心《じょしん》」と書かれた扁額が掛かっていた。

如心尼によれば「心のままに」という意味らしい。

玄関の戸を開けると三和土《たたき》があり、蔵人介は勝手知ったる者のように雪駄を脱いで廊下にあがった。

廊下の左右には、点々と華燭《かしょく》が灯っている。

平屋は奥行きがあり、長い廊下を三度ほど曲がると、坪庭をのぞむ部屋にたどりついた。

書院造りの床の間が設えられた八畳の部屋である。

誰もいないが、上座の左右には行燈が灯されていた。

欄間《らんま》には見事な龍の透かし彫りがほどこされ、釘隠しの模様は葵《あおい》の紋でかたどられている。書院の端には文筥《ふばこ》が置いてあり、文筥の蓋にも葵の紋が金泥《こんでい》で描かれていた。

よほど身分の高い御殿女中でなければ、こうした造作《ぞうさく》や調度《ちょうど》は許されない。

如心尼は上臈御年寄《じょうろうおとしより》として、先代家斉の御代から大奥の差配を任されていた。家慶の信頼も厚く、姉小路からも頼りにされている。為政者《いせいしゃ》のみならず、大奥の女中たちからも慕われていた。私欲に走らぬ忠心の深さが、人々を惹きつけてやまぬのだろう。

床の間の軸には観音菩薩《かんのんぼさつ》が描かれており、花入れには野水仙《のずいせん》が生けてあった。気高《けだか》く香る可憐《かれん》な花が、妖しげに光る観音菩薩を引きたてている。

蔵人介はようやく、下座に落ちついた。

そこへ、白檀《びゃくだん》の香が忍びこんでくる。

見慣れぬ女中が襖を開くと、白頭巾の如心尼が楚々《そそ》とした仕種であらわれた。齢は還暦を過ぎているはずだが、肌の色艶もよく、みようによっては四十に届かぬほどの齢にもみえる。

「夜分に失礼つかまつります」

潰れ蛙のように平伏すと、如心尼はふっと笑った。

「なんの、わらわのほうが呼んだのじゃ。ひどい責め苦を受けたのであろう。楽にいたせ。ほれ、香煎《こうぜん》を」

命じられた女中が、堆朱《ついしゅ》の盆に湯呑みを載せて運んでくる。

炒り米に陳皮《ちんぴ》と粉山椒《こさんしょう》、さらに香りの強い茴香《ういきょう》をくわえた茶であった。

香りを嗅いだだけで晴れやかな気分になり、呑めば嘘のように疲れが取れる。

女中が音もなく退出すると、如心尼はおもむろに口を開いた。

「里を大奥へ潜らせたのじゃ。姉小路さまのご依頼での。高倉局が何やらよからぬことを企てておるらしい」

高倉局は姉小路の向こうを張る実力者、大奥の覇権を争う相手でもある。

姉小路が目を掛けていたお袖の方は、高倉局の差し金でお匙の卜部了意から毒を盛られて亡くなったとも噂されており、まさに、蔵人介は伝右衛門ともども、その証しを立てるべく探っているところだった。

如心尼も経緯はわかっているらしい。

「おおよそのことは見当がつく。されど、しっかり証しを立て、罪を償わせねばならぬゆえな」

「それがしをお呼びになったのは、そのことにござりますか」

「ほかに何がある」

里は高倉局に仕える多聞《たもん》となり、証しとなるべきものを探している。

命懸けで敵中に潜らねばならぬほど、事態は切迫しているのだろう。

「お金の方のお命が危うい。さりとて、上様のご寵愛を受けるお金の方に、宿下《やどさ》がりをお願いするわけにもいかぬ。今は姉小路さまのもとに庇護《ひご》されておるが、それもいつまで保《も》つかどうか。早晩、先手を打って敵を叩かねばならぬ場面も出てこよう。されど、敵は手強い」

如心尼は深々と溜息を吐いた。

「一位様の後ろ盾をよいことに、高倉局は御広敷の伊賀者どもを手足のごとく使いよる。おぬしも、そやつらの罠に嵌められたのであろう。ならば、一刻の猶予もならぬではないか。人の命なぞ、羽毛のごとく軽きものと考えておる連中ゆえ、どのような手を使ってくるかもわからぬ」

如心尼は立ちあがり、書院から文筥を抱えてくる。

葵の紋の描かれた蓋を開け、うやうやしく書状を取りあげた。

「これを」

「はっ」

特徴のある家慶の筆跡が、目に飛びこんでくる。

——寵臣橘右近の後顧を託す。

と、記されてあった。

鬼役に密命を下すことができる御墨付きにほかならない。

「わらわにとっては重荷でな。やはり、橘さまのようにはいかぬ。心を鬼にして、人を滅する密命など与えられぬ。以前、はなしたであろう。如に心と書いて恕《ゆる》すと読む。どのような罪を犯した者でも、仏ならばお恕しになる。そうあってほしいとの願いから、わらわは隠号《いんごう》に如心と付けた。そのはなしじゃ」

されど、如心尼のもとには、御城の内外から耳をふさぎたくなるようなはなしがもたらされてくる。

「人の欲は尽きず、業《ごう》とは恐ろしいもの。この世にも閻魔大王の役割を果たす者が必要かもしれぬと、わらわはみずからに言い聞かせてきた」

信念の込められたことばに、蔵人介は何度も励まされた。

如心尼から頂戴した直筆の書も、だいじに取ってある。

「『白刃踏むべし』か。唐土《もろこし》の格言じゃな」

密命を下す者も受ける者も、白刃を踏むことをも辞さぬ覚悟が要る。

そのことを、如心尼は誰よりもわかっていた。

「今も気持ちは変わらぬ。されど、わらわにはもう無理じゃ」

弱気な台詞を口走り、げほっげほっと、嫌な咳をする。

蔵人介は不安になった。

「もしや、おからだのほうが」

「いや、だいじない。ただの流行風邪《はやりかぜ》じゃ。後顧を託すお方には、すでに、お目に掛かったはずじゃな」

「阿部伊勢守さまであらせられまするか」

「信頼に足るお方じゃ。されど、お若いだけに敵も多い。おぬしのごとき者が従《したご》うておらねば、ご本人も不安で仕方なかろう。そこのところをようわきまえて、伊勢守さまに尽くしてたもれ。近々、わらわの口から最後の密命を下すことになろう。そのときは、よしなにな」

「はっ」

力強い返事をしてみせると、如心尼は菩薩のように微笑んだ。

ふわりと立ちあがり、白檀の香を残しつつ、襖の向こうへ去っていく。

橘の後釜としては頼りないと、一時は反撥《はんぱつ》さえも抱いたが、別れが近いと知れば離れがたく感じてしまう。

「妙なものだな」

蔵人介は平伏しながら、泣きたい気持ちになっていた。

三

三日も留守にしたというのに、志乃と幸恵は何も言わなかった。

何でもないふりをしてくれているのだろう。

翌朝、蔵人介は月代と髭を剃り、憲法黒《けんぽうぐろ》の地に南天文の裃を纏うと、何食わぬ顔で千代田城の中奥へ出仕した。

控えの炭置部屋には、いまだに、血腥い臭いが立ちこめている。

昼餉の毒味御用に合わせて囲炉裏之間へ向かうと、小姓たちから怪訝《けげん》な顔をされた。

無理もなかろう。有川保殺しの余波が色濃く残るなか、一度でも疑いを掛けられた元鬼役が出向いてくることなどあり得ぬと、誰もが頭から決めてかかっていたからだ。

襖を開けて部屋へはいると、神部丈八が目を剝いてみせた。

「……お、おぬし、生きておったのか」

よほど驚いたのか、声を震わせている。

蔵人介は軽く会釈しただけで下座に座り、じっと眸子《まなこ》を瞑《つむ》った。

しばらくすると、若手の小姓が公方に供する一ノ膳を運んでくる。

つみれ汁からはじまって旬の魚のおつくり、鴨肉の煮物や焼き魚から諸藩献上の珍しい品々まで、いつもどおり、蔵人介は見事な所作で毒味をおこなっていった。

凜《りん》とした佇《たたず》まいを目の当《ま》たりにし、神部もすっかり魅入られてしまったようだ。

なかでも、尾頭付の骨取りは神業としか言いようがなく、神部は生唾を呑みこみながら目を釘付けにしていた。

蔵人介はすべての毒味を終え、箸を静かに置いた。

膳をさげにきた小姓が襖の向こうへ消えると、神部は心の底から感心したように語りだす。

「あらためて拝見すると、お見事としか申せぬ。名人の描いた一幅《いっぷく》の書画をみせられたかのようだ。いや、感服つかまつった」

「所作は何度かご覧に入れたはずだが」

「お恥ずかしいはなし、きちんとみておらなんだ。矢背どのの所作が、今日は格別なものにみえ申した」

「気持ちが弱くなっておられるのでござろう」

「えっ」

「ご配下をふたりも亡くされたのだ。平気でいられるはずもない」

やにわに、神部の顔色が変わった。口調もぞんざいになる。

「そこもとは平気なのか。まさか、今日も炭置部屋からまいったのではあるまいな」

「いいや、炭置部屋からまいった」

「屍骸の置き捨てられた部屋におって、よくも平然としていられるな」

「部屋を移ってもよいと言われたが、敢えて移らぬことにした」

「何故に」

「四十九日が終わるまでのあいだは、成仏できぬ死者の声を聞くことができる。さようなはなしもあるゆえか、無惨にも亡くなった若い小姓の声を聞いてみたいとおもうたのかもしれぬ」

「……そ、それで、何か聞こえたのか」

あきらかに、神部は動揺している。読みどおり、有川の死に深く関わっているのだろう。

蔵人介は眸子を細め、宙をみつめた。

「声は今でも聞こえている」

「えっ」

「『この身にも落ち度はあった。死に値するだけのことをしたかもしれぬ。そうであったとするならば、遺された相手にこのおもいを伝えたい』と、さように申しておる」

「……こ、このおもいとは」

「わからぬのか。おぬしへのおもいだ」

「ただただ、謝っておるぞ。『せっかくよくしていただいたのに、お気持ちにこたえられずに申し訳ありませぬ』と、有川保は泣きながら謝っておる」

「えっ」

「……ま、まことか……た、保は泣いておるのか」

「あとを追って亡くなった小姓へのことばは、ただのひとつもない。後悔や慚愧《ざんき》の念を引きずって生きねばならぬ相手のことだけが、案じられてならぬのやもしれぬ。きっと優しい心根《こころね》の持ち主だったのであろう」

「くっ……」

神部は耐えきれず、嗚咽を漏らしはじめた。

有川保に心の底から惚れていたのであろう。

蔵人介は重々しく言いはなつ。

「人はみな、業を背負って生きねばならぬ。ただし、犯した罪の重さに耐えられぬときは、正直にすべてを告白し、身軽になってみるのもわるくない。おぬしが罪を隠そうとするなら、四十九日を過ぎてもなお、死者の声は聞こえてこよう。有川保は今も、おぬしの生き様をじっとみつめておる」

いや、有川だけではない。武士らしく生き、武士らしく死ぬとはどういうことか。

おのれを偽らぬ生き方とはどういうものなのか、配下の小姓たちも固唾《かたず》を呑んで神部の行く末を見守っているにちがいない。

「……う、うう」

神部は畳に突っ伏し、顔をあげることもできなくなった。

蔵人介は一礼し、囲炉裏之間をあとにする。

廊下に控える小姓たちの目には、気のせいか、光るものがあった。

その晩遅く、神部丈八は番町の自宅で腹を切った。

蔵人介がそれを知ったのは翌朝のことだ。宿直で炭置部屋に褥を敷き、朝餉の毒味御用に勤しむべく囲炉裏之間へ向かった。そのとき、廊下の片隅で待ちかまえていた若い小姓に告げられたのである。

「矢背さまに宛てた御遺言状を預かっております」

目を赤くした小姓に誘われ、部屋にはいってみれば、畳のうえに遺言状が置いてあった。

さっそく開いて目を通すと、有川保の死に関する詳細が綴られている。

どうやら、有川は神部から辛辣《しんらつ》なことばで詰《なじ》られ、思い悩んだあげくに神部の控え部屋で自刃したらしかった。誰かに斬られたのではなく、斬られたようにみせかけたのである。

神部は正気を失い、遺体を放置して廊下へ飛びだした。我に返って部屋へ戻ってみると、どうしたわけか、遺体は消えていた。炭置部屋に運ばれた経緯は判然とせぬが、何者かが蔵人介に濡れ衣を着せようとしたことだけはわかった。有川が自分のせいで亡くなったのは明らかなのに、神部は蔵人介を人殺しに仕立て、みずからは罪から逃れようとした。

だが、できなかった。有川を恋慕していた別の小姓があとを追ったこともある。目付筋の安易な見立てで、その小姓が有川を殺めて自刃したのだとされ、真実は予期せぬほうへねじ曲げられていった。良心の呵責《かしゃく》に苛《さいな》まれていたところへ、蔵人介から「おのれを偽らぬ生き方」を全うせよと説かれ、ようやく迷いが晴れたと、遺書には綴られている。

潔く命を絶つことが正しい道であったのかと問われても、蔵人介には明確な返答はできない。

若い小姓は言った。

「矢背さまのおかげで、神部さまは死に場所を得たのでございます」

たとい、そうであったとしても、一抹の悔恨《かいこん》を抱かざるを得なかった。

いずれにしろ、一連の出来事はあきらかに、小姓たちの気持ちを変えた。

少なくとも、蔵人介に冷たい眼差しを向ける者はいなくなったのである。

四

奥医師頭の卜部了意が生かされているのは、毒薬を処方するという使い道がまだ残されているからだ。

敵の狙う的は、家慶の寵愛を受けるお金の方である。

「けっして、了意を近づけるでない」

後ろ盾となる姉小路は、周囲の者たちに命じていた。

ただし、了意の悪事ははっきりと証明されたわけでなく、まがりなりにも法印の位を持つ奥医師頭をないがしろにすることはできない。たとえば、お金の方がどうしても了意と顔を合わせねばならぬときもあった。家慶と褥をともにした翌朝、大奥の御小座敷において脈診を受けるときである。

姉小路と高倉局のあいだに確執があったとしても、家慶の与りしらぬはなしだし、ましてや、高倉局の指図で了意がお金の方に毒を盛ることなど、家慶にしてみれば想像もつかぬはなしだ。

それゆえ、了意がお金の方さまも診て差しあげましょうと言えば、遠慮せずに診てもらえと家慶が口添えする公算は大きかった。お顔のお色が芳《かんば》しくないご様子なので、こちらのお薬をどうぞとすすめられれば服用せぬわけにもいかず、遅れて効いてくる毒などはいくらでもあるので、のちにお金の方が危うい容態になっても、了意の仕業である証しは立てられなくなる。

もちろん、薬などいらぬとはねつければよいのだが、まんがいちにも服用せざるを得ない情況におかれたときは、その場で毒の有無を判別するしかない。慎重な姉小路はそう判断し、鬼役の蔵人介を武者隠しに控えさせる異例の措置を講じたのである。

公方の寝所となる大奥の御小座敷は、中奥から上御鈴《かみのおすず》廊下を渡って左手にあった。すっかり雪景色にも馴れた霜月《しもつき》の終わり、家慶とお金の方がともに朝の診察を受ける機会が訪れた。

姉小路の密命を携えた里があらわれ、蔵人介は朝未《あさま》だきから裃姿で武者隠しに控えねばならなくなった。里は高倉局のもとを離れ、このところはもっぱらお金の方の防《ふせぎ》に就いているのだ。

武者隠しは鷹の絵が描かれた壁の後ろにつくられており、鷹の目を通して部屋の内部をつぶさに観察することができる。右手の上座には家慶が座り、かたわらにはこちら向きでお金の方が座っていた。そして、了意を筆頭とする奥医師たちが、下座に畏《かしこ》まっている。

小姓たちの代わりに、奥坊主たちが家慶の月代を剃り、髪を結っていた。

里もまんがいちの防として、襖の手前に控えている。

監視役の姉小路は笑みを絶やさず、いつもどおりの福々しい顔で座っているものの、内心気が気ではあるまい。

何のつもりか、すぐそばに鳥籠《とりかご》が置かれ、鸚鵡《おうむ》が目をぱちくりさせている。

姉小路から合図があれば、蔵人介は武者隠しから素早く抜けだし、躊躇《ためら》わずに家慶の御前へ身を寄せねばならなかった。蔵人介のことを知る者は姉小路と里だけなので、家慶やお金の方が動揺せぬのを祈るしかなかろう。

「よい機会じゃ。了意の化けの皮を剝いでくれよう」

里によれば、姉小路は鼻息も荒く吐きすてたらしかった。

何を企んでいるのか、今ひとつはっきりとせぬが、家慶の面前で悪徳法印を裁こうとしていることだけはわかった。

「されば、上様、お手を」

それとも知らず、了意は手慣れた仕種で触診をはじめる。

さほどの手間も掛からず、公方家慶への触診は終わった。

ふと、了意はお金の方の顔を眺め、首をかしげてみせる。

「ちと、お顔のお色が冴えませぬな。よろしければ、お脈を」

いかにも自然な物言いなので、お金の方に抗う理由はない。

「法印に診てもらえ」

家慶の口添えもあり、さっそく脈診がおこなわれた。

了意はおのれの描いた筋書きどおり、顔を曇らせる。

「五臓《ごぞう》のうち、肝《かん》と腎《じん》が弱くなっております。肝腎の衰えは万病のもと。ちょうどここに良薬がござりますゆえ、どうかご服用くださりますよう」

懐中から紙包みを取りだし、お付きの女中に手渡す。

怪しげな粉薬だが、家慶はまったく疑っていない。

お金の方は少しばかり、戸惑った顔をしてみせた。

「法印どのの看立じゃ。早う、その薬を呑むがよい」

だいじな側室のからだを案《あん》じてか、家慶は急きたてるように命じてくる。

と、そこへ、姉小路が割ってはいった。

「しばし、お待ちを。そのお薬、お毒味させていただきまする」

予想もしていなかったのか、了意はえっという顔をする。

姉小路が鷹の絵を睨み、目配せを送ってきた。

蔵人介は立ちあがり、武者隠しから抜けだす。

部屋にすがたをみせ、深々と平伏した。

「……な、何者じゃ」

何しろ、医者以外は男子禁制の大奥内、驚かぬほうがおかしい。

狼狽《うろた》える家慶に向かって、姉小路はきっぱりと言いはなった。

「ご安心を。わらわの鬼役にござりまする」

姉小路の言うことに、家慶は逆らえない。

蔵人介は中腰で近づき、女中から紙包みを受けとった。

その場で紙包みを開き、小指の先に薬の粉をくっつける。

ぺろりと、ひと嘗めしただけで、毒の有無は判別できた。

「どうじゃ」

姉小路が覗きこんでくる。

蔵人介は黙然とうなずいた。

「さようか、よし」

姉小路はみずから膝を進め、蔵人介から包み紙を奪いとる。

そして、茶碗の水に粉をすべて溶かし、鳥籠のなかに茶碗を差しいれた。

首を伸ばした鸚鵡が嘴《くちばし》で茶碗を突っつき、勢いよく水を飲みはじめる。

みなが固唾を呑んで見守るなか、鸚鵡の動きがぱたりと止まった。

鳴きもせず、ことりと横に倒れてしまう。

驚いた女中が叫んだ。

「死んでおります。鸚鵡が死にました」

小さな鳥だけに、毒のまわりも早かったにちがいない。

姉小路は立ちあがり、般若《はんにゃ》の形相で了意を睨みつける。

「おぬし、お金の方に毒を盛ろうとしたな。上様の御前ぞ、正直にこたえよ」

了意は項垂《うなだ》れ、ことばを発することもできない。

家慶は舌打ちして立ちあがり、お金の方ともども、隣の蔦《つた》之間へ去っていった。

「誰かある。法印を引っ捕らえよ」

姉小路の命に応じ、里が襖を開いた。

待ってましたとばかりに、大柄な多聞《たもん》たちが躍りこんでくる。了意の腕を左右から抱え、引きずるように連れだしていった。ほかの奥医師たちは事情もわからず、呆気《あっけ》に取られるしかない。

「ご苦労であったな」

姉小路から労《ねぎら》いのことばを掛けられ、蔵人介は平伏した。目の端では、鸚鵡の屍骸をとらえている。身内を守るためならば、無惨な仕打ちも平然とやりおおせる。魑魅魍魎《ちみもうりょう》の巣くう大奥を牛耳るには、手段を選ばぬ非情さを兼ねそなえておらねばならぬのだろう。

こののち、了意の命運は尽きたも同然となったが、首を刎ねるまえに毒を盛ろうとした経緯を聞きださねばならなかった。もちろん、姉小路としては、高倉局にそそのかされてやったという証言が欲しかったにちがいない。

ところが、証言は得られなかった。

目付部屋に留め置かれた了意の身柄は、何者かの手で奪い去られたのだ。

数日後、霧の晴れた小塚原《こづかっぱら》の刑場に、異様な光景があらわれた。

凍てつく野面の一隅に、了意は首まで埋められていたのである。

烏《からす》の群れに頭を突っつかれ、ふたつの眼球は穿《ほじく》られていたらしかった。

伝右衛門から顚末を聞き、さすがの蔵人介も悄然《しょうぜん》とせざるを得なかった。

生きたまま鳥葬《ちょうそう》されたのだとしたら、あまりに陰惨なやり口としか言いようがない。

無論、闇猿と称される者たちの仕業であろう。用なしになった法印を、これみよがしに処刑してみせたのだ。

こうしたやり方で脅そうとする連中を、野放しにしておくわけにはいかなかった。

五

片平源悟の願いを全うするには、お金の方を是が非でも守りぬかねばならない。

師走《しわす》になり、蔵人介は里の導きで大奥へ潜入した。

乱杭歯《らんぐいば》の塵箱爺《じんこじじい》に化け、お金の方が起居する長局《ながつぼね》の周囲に身を潜めたのだ。

大奥の構造は大きくふたつに分かれ、ひとつは側室たちが公方を迎える部屋や位の高い奥女中たちが執務をおこなう表《おもて》の場であり、こちらは銅《あかがね》壁で区切られているものの、中奥と隣合わせにつくられている。

もうひとつは一千人を超える奥女中たちが起居する長局で、小部屋を東西一列に長々と連ねた二階建ての建物が、一ノ側《いちのかわ》から四ノ側まで横並びで築かれていた。位の高い上臈御年寄や御年寄、御客会釈《おきゃくあしらい》や御中﨟《おちゅうろう》は南寄りの一ノ側、御目見得《おめみえ》以上の奥女中は二ノ側と三ノ側、御目見得以下の奥女中は四ノ側などと住居が定められており、末端で雑用をおこなう御末《おすえ》たちは各側の大部屋で起居している。

大奥内で里とは直にはなしができぬゆえ、何気なく落とした紙屑《かみくず》が連絡の手管《てくだ》とされた。

拾った紙には「二ノ側ろ」などと記され、お金の方の居場所を知ることができる。

姉小路のはからいによって、お金の方の居場所は何日かごとに替えられていた。もちろん、敵の侵入を容易に受けぬためであったが、おそらく、居場所はすぐに嗅ぎつけられるだろう。

お金の方の周囲には、小太刀の免状を持つ多聞たちを控えさせているものの、頼りになるのは里しかいない。里は探索を役目にしているが、秘かに「夜舟《よぶね》」というふたつ名を持つ刺客でもあった。

夜になれば、伝右衛門も助っ人にあらわれる。ふたりは心強い味方だが、御広敷の伊賀者たちも何処かに潜み、常のように目を光らせているはずだ。闖入者《ちんにゅうしゃ》を阻むのが役目ゆえ、みつかれば容赦なく攻撃を受けよう。しかも、本来は御広敷を守るべき伊賀者のなかに、お金の方の命を狙う連中が紛れているのだ。

まんがいちにも敵にみつかったときは、たがいに助けあわぬのが三人のなかでは暗黙の了解となっている。誰かが倒れても、別の者がお金の方を守らねばならない。お金の方の命を守ることこそが、こたびの密命なのである。身を犠牲にする覚悟がなければ、密命を果たすことはできない。

日のあるうちは囲炉裏之間で毒味御用に勤しみ、暗くなってからは大奥へ深く潜入していった。

近々に敵が動くと読んだからこそ、危うい賭けに出たとも言えよう。

潜入から四日目の夜、ついに敵は動いた。

お金の方は一ノ側の東寄り、七つ口にも近い部屋にいる。

いつもは全部で七十畳におよぶ部屋を与えられていたが、移ったさきは五十畳ほどである。お金の方の世話をする相《あい》の間《ま》三人、下働き三人、炊事洗濯の多聞七人がともに起居していた。

入側《いりかわ》の天井には駕籠が吊るされており、天井のうえは物干し場になっている。部屋の主の局が外出する際は、御末たち八人が御広敷まで駕籠を担ぎだし、局はそこから駕籠に乗りこむ。出仕廊下は幅一丈六尺六寸と定められ、各局ごとに杉戸の開き戸で区切られてあった。

廊下の床板は簀子《すのこ》状になっており、大下水の流れる床下の空洞は屈まずに歩くことができる。長局の奥にある井戸部屋から台所まで、多聞たちは空洞を通って重い水桶を担いできた。一方、大屋根のほうは侵入者を防ぐべく、側と側の軒に金網が張りめぐらされている。

蔵人介は床下に潜み、侵入者の気配を探っていた。

大下水がもっとも侵入しやすいとおもったからだ。

が、それらしき気配はない。

念のため、隧道《ずいどう》を西のほうへ進んだ。

すでに、夜も更けてきた頃合いである。

「ん」

大下水のかたわらに、多聞がひとり倒れていた。

近づいて首筋に触れると、すでに脈はなかった。

「くそっ」

刺客の侵入を許してしまったのだ。

急いで東寄りへ戻ると、床の上が何やら騒がしい。

空洞から外へ飛びだし、廊下の端に這いあがった。

忍び足で部屋に近づくと、相の間の女中が苦しんでいる。

「毒じゃ。お方さまをお守りせよ」

里が叫んでいた。

お金の方は朝晩かならず、持病の薬を服用している。

奥医師の処方した薬を毒味した相の間が、血を吐いたのだろう。

襖が乱暴に開かれ、血相を変えた奥医師がひとり逃げだしてくる。

毒薬を処方した張本人にちがいない。

入側で足を滑らせたところへ、天井から乗り物が落ちてきた。

——どしゃっ。

轟音《ごうおん》とともに、塵芥《じんかい》が巻きあがる。

奥医師は乗り物の下敷きになり、虫のように藻掻《もが》いた。

短刀を握った多聞が近づき、何食わぬ顔で奥医師の喉笛を掻っ切る。

刺客であった。

「すわっ」

蔵人介が駆け寄ると、多聞に化けた刺客は身をひるがえした。

混乱に乗じて部屋に踏みこみ、阻もうとする多聞をつぎつぎに斬っていく。
さらに、お金の方の逃れた寝所を目敏《めざと》くみつけるや、そちらへ駆けていった。
「行ったぞ」
蔵人介が、後ろから叫びかける。
刺客が奥の襖を開くと、里がひとりでお金の方を庇っていた。
「死ね」
刺客は前歯を剝き、血の滴る短刀を里に向ける。
――がつっ。
刃と刃がぶつかり、激しく火花を散らした。
刺客は畳を蹴り、ふわっと天井に舞いあがる。
が、舞いあがったのは着物で、本人は里の脇を擦り抜けている。
「やっ」
突きだされた刃は、お金の方の胸を貫いていた。
同時に、里の繰りだした刃が、振り向いた刺客の喉笛を裂く。
――ぶしゅっ。
里は頭から返り血を浴びた。

「莫迦め。おぬしが殺めたは影じゃ」
倒れた刺客の鬘《かつら》を取れば、女に化けた男の忍びだった。
ほっとしたのも束の間、今度は二階で悲鳴があがった。
もうひとり、刺客が侵入していたのだ。
「矢背さま、お金の方は二階におられます」
里に言われるまでもなく、蔵人介は階段を駆けのぼった。
廊下から大屋根をみれば、金網の一部が破られている。
屋根伝いに侵入してきたのは、咲面の刺客であった。
血を流した多聞がふたり、廊下に斃《たお》れている。
廊下の隅で刺客に対峙するのは、伝右衛門にほかならない。
公方を守る最後の砦《とりで》が、お金の方を守っていた。
蔵人介は安堵し、背後から咲面に近づいていく。
咲面は短刀を掲げ、伝右衛門とお金の方に迫った。
「くわっ」
唐突に駆けだし、短刀を閃《ひらめ》かせる。
だが、伝右衛門に胸を裂かれ、その場に蹲った。

蔵人介はとどめを刺すべく、ゆっくり近づいていく。
深傷を負ったはずの咲面が、すっと立ちあがった。
進退きわまったと悟ったのか、こちらを向き、みずから面を取ってみせる。
「おぬしは」
女形のごとき白い面相、沢木志津馬であった。
「くふふ」
御広敷用人の配下は、何故か笑いだす。
危ういと察し、蔵人介は吐きすてた。
「伝右衛門、伏せろ」
沢木はいつの間にか、大黒火矢を握っている。
火薬の仕込まれた鏃《やじり》を、おのれの首に突き刺した。
——どん。
炸裂音とともに、沢木の顔が粉々に吹っ飛ぶ。
首を失った胴体がふらつき、横倒しに倒れていった。
伝右衛門はお金の方を庇い、隅の床に伏せている。
背中に火傷を負ったようだが、命に別状はない。

蔵人介は脱いだ着物をかぶせ、柱に飛び火した炎を消した。

伝右衛門を助けおこし、お金の方を背に負ったまま階段を降りていく。

鉢巻きに襷《たすき》姿の多聞たちが火の後始末をすべく、入れ替わるように階段を駆けのぼってきた。

咲面の刺客は、あきらかに沢木志津馬であった。

ただし、首から上が失われた以上、素姓の証しは立てられない。

残る腫面が御広敷用人の富樫無間斎ならば、御広敷の忍びたちをすべて敵にまわすことになるかもしれなかった。

さすがに、そうなっては勝ち目がない。

先手を打たねば潰されると、蔵人介はおもった。

六

敵の襲撃によって、お金の方に仕えた女中たちが何人も犠牲になった。

里は深く悲しみ、みずから刺客となって黒幕と目される高倉局を討ちたいと、如心尼に訴えたらしかった。

「如心尼さまは、お許しになりませなんだ。そもそも、さような望みを訴える立場にない。あやつめ、出過ぎたまねをいたしました」

里のことを教えてくれたのは、伝右衛門である。

「されど、あやつめの気持ちもわからぬではない。生き証人となるべき卜部了意が死んだ以上、高倉局の罪を明らかにするのは難しゅうござります。闇猿との繋がりも、明確な証しは立てられますまい。となれば、如心尼さまの密命を待つよりもさきに、藪を突《つっ》いて蛇を出すしかない。一か八かの策を講じるしかなかろうと、里は里なりに考えておるのでござりましょう」

まるで、じつの妹か娘にたいするかのような、慈愛の籠もった物言いに感じられた。

けっして情に流されぬ男だが、里にたいする思い入れの強さは隠しようもない。今は亡き橘右近から、伝右衛門の出生に関わる逸話を少しだけ聞いたことがあった。

陸奥《むつ》の寒村に生まれ、十一の頃に七つの妹と生き別れになった。口減らしのために、妹は女衒《ぜげん》に売られたのだ。やがて、飢饉《ききん》に喘《あえ》ぐ村は逃散《ちょうさん》によって村ごと消えてしまい、双親も亡くした伝右衛門は飢えをしのぎながら江戸をめざした。奥州道で行き倒れになりかけていたところを願人《がんにん》坊主に拾われ、下総松戸《しもうさまつど》の一月寺《いちがつじ》へ預けられたという。

一月寺は虚無僧《こむそう》たちの寄《よ》る辺《べ》となる寺だ。それから、どのような経緯で間をもって仕える土田家の養子に貰《もら》われたのか詳しくはわからぬものの、伝右衛門は橘右近の忠実な僕《しもべ》となった。公人朝夕人は同朋衆頭《どうぼうしゅうがしら》のもとに置かれているにもかかわらず、小姓組番頭直々の密命を帯びることとされたのだ。

もちろん、公方の下の世話をするのが、公人朝夕人本来の役目である。その役目を与えてもらったことに感謝していると、ずいぶんむかしに伝右衛門から告げられたことがあった。逆境のなかを生きぬいてきた者のことばだけに、ずっしりと重く感じられたのをおぼえている。

昨夕、伝右衛門は探索の経過を告げに炭置部屋を訪ねてきた。

断られるのを覚悟で飯に誘うと、めずらしいことに諾してくれた。

下城ののちに落ちあったさきは市ヶ谷田町《たまち》下、御濠に面する愛敬《あいきょう》稲荷の裏に『丑市《うしいち》』という軍鶏屋《しゃもや》があった。金四郎こと遠山左衛門少尉景元に教えてもらった見世だ。網でこんがり焼いた軍鶏肉を大きな鋤《すき》に載せて出す。軍鶏の鋤焼きという手法が、奇天烈《きてれつ》な演出を好む江戸っ子に受けた。

今さら言うまでもないが、伝右衛門とはずいぶん長いつきあいになる。だが、いつも夜更けに御膳所裏の厠で連絡を取りあい、密命を果たすとき以外は城外で顔を合わせることもなかった。

神楽坂の『まんさく』に誘ったのが初めてのことで、蔵人介はもう一度、伝右衛門が飯を食ったり酒を呑むすがたがみたくなったのだ。

「妙なお方だ」

伝右衛門は首をかしげながらも、心の底から喜んでくれたようだった。

「かように美味いもの、生まれてはじめていただきました」

感嘆しながら軍鶏肉を堪能し、里芋の煮っ転がしなど市井《しせい》でしか味わえぬ肴に舌《した》鼓《つづみ》を打った。

ふたりで地酒を酌みかわしながら、ずいぶん遅くまで居座っていたようにもおもう。

串部を同席させてもよかったが、敢えてそうしなかったのは、ふたりで橘を鎮魂《ちんこん》する意図があったからかもしれぬ。橘右近という後ろ盾を失ったあと、伝右衛門がどういう心持ちで役目にのぞんでいたのか、蔵人介は一度じっくり聞いてみたいとおもっていた。

「虚しゅうございました。まことの父とおもうておりましたゆえ。されど、橘さまが矢背さまに介錯を望まれたとき、御存念を託されたのだと察しました。おぬしらの役目はわかっておろうな。けっして、火を消してはならぬぞと、ご自身のお命と引換えに仰せになったにちがいない。そう、悟ったのでござります」

上に立つ者が如心尼や阿部伊勢守に替わっても、伝右衛門は受けとる密命が橘から下されたものと考えている。心の内には常のように橘右近がいるのだと聞かされ、蔵人介は深くうなずいた。

「それがしごときが密命の中身を吟味するのは、はなはだおこがましいことにござります。されど、橘さまならどうなさるのかと、常々、考えずにはおられませぬ」

「橘さまの間尺《ましやく》に照らし、理不尽な御命としかおもえぬものならば、そのときはどういたす」

しばし考え、伝右衛門はあきらめたように言った。

「拒みたくとも、拒めぬでしょうな。そこが矢背さまとはちがいます」

「どうちがう」

「ご身分のあるお方と、間諜《かんちょう》を生業《なりわい》とする軽《かろ》き者とのちがいにござる。公人朝夕人が御命に逆らって腹を切ったところで、顧《かえり》みる者などおりませぬ。いざというときに命懸けで上に抗い、反骨の意志をしめす。橘さまも矢背さまも、かような生き方ができる立場にあられる。何が羨ましいかと申せば、そうした生き方ができることこそが羨ましいのかも」

伝右衛門のことばを呑みこみ、蔵人介は黙って盃をかたむけた。

ともに幾度となく修羅場を乗りこえながらも、常のように一線を画してきた。そうすることでしか成りたたぬ関わりかもしれぬが、あらためて指摘されれば一抹の淋しさは拭えない。

伝右衛門はふっと笑い、酒を注いでくれた。

「ご安心なされませ。こたびの密命はどうあっても果たさねばならぬと、橘さまも仰せです。卜部了意の口書《くちがき》を取るまでもなく、一連の禍事《まがごと》の黒幕が高倉局であることは明白にござる。高倉局を成敗し、御広敷に巣くう闇猿どもを一掃せねばなりませぬ」

「ふむ、そうだな」

公人朝夕人がいつになく熱く語ったのは、不馴れな酒のせいかもしれない。

伝右衛門は淋しげに微笑み、最後にしんみりとこぼした。

「いつか楽隠居できたら、生き別れになった妹を捜してみようかと」

血を分けた妹は、今なお何処かで生きているものと信じているようだった。

一方、里については誰も何も語らぬが、薄幸な運命を背負った女忍びであることだけはわかる。伝右衛門はおそらく、里のすがたに妹の面影を重ねているのであろう。

奇しくも、串部がぽろりと漏らした。

「あのふたり、同じ匂いがいたします」

役目におよんでは、たがいに助けあわぬのが暗黙の了解となっている。それが修羅場を乗りきるための手管であり、伝右衛門もわかっているはずだが、大奥で敵の襲撃を阻んだときから、蔵人介は一抹の不安を抱いていた。

それもあって、軍鶏の鋤焼きでも食おうと誘ったのかもしれない。

里が如心尼の言いつけを聞かずに動けば、伝右衛門はまちがいなく助っ人に向かおうとするであろう。

里が暴走せぬことを秘かに祈っていたが、高倉局を討つ好機は早々に訪れた。

高倉局は一位様の御上使《ごじょうし》として城外へ出御《しゅつぎょ》し、御上使の御役目を果たしたあと、「抜け弁天」こと厳島神社に詣でるという。

今日は出御の前日である。

蔵人介は囲炉裏之間で毒味御用に勤しみながら、虫の知らせを感じていた。

七

師走三日、曇天。

蔵人介は居ても立ってもいられず、千代田城を抜けだしてきた。

正午の手前だというのに、抜け弁天の境内は夕暮れ時のようだ。

参道には雪がうっすら積もっており、寒風の吹きぬける拝殿のまえには紅網代《べにあじろ》と称される朱塗棒黒の豪華な網代駕籠が待機していた。

何事も勃《お》こっていないのを確かめ、ほっと安堵の溜息を吐く。

周囲を見渡しても、里や伝右衛門らしき者の影は見当たらない。

参道で踊る節季候《せきぞろ》が、伊賀者らしき供人の手で追いはらわれている。

鳥居を潜ってきた参拝客たちも、拝殿には近づかぬように仕向けられていた。

高倉局は身分の高い御年寄ゆえ、城外へ出御する際は十万石の大名と同じ扱いを受ける。御代参ならば老中と同等の供揃いを表方から借りうけねばならぬが、御上使のときはその必要もない。

駕籠を囲む供揃いは質素で、先導役の使番《つかいばん》がひとりと多聞数人、御広敷からは雪駄履きの添番《そえばん》と伊賀者数人が防《ふせぎ》につき、ほかには対先挟箱《はさみばこ》持ちや合羽籠《かっぱかご》持ちなどが随行する。

駕籠を担ぐ陸尺《ろくしやく》は、神田三崎町《みさきちよう》の人入《ひとい》れ屋《や》から雇いあげた連中だった。いずれも着丈の短い薙《な》ぎ袖《そで》の看板を身につけ、紺地の肩から腕にかけては青海波の文様《もんよう》が染め抜かれている。

陸尺たちは寒雀のごとく、駕籠のそばに屈んでいた。

御年寄の高倉局が、何故にわざわざ抜け弁天を詣でるのか。

出自が安芸宮島《あきみやじま》にある厳島神社の神官の娘ゆえとか、巳《み》年生まれで金銭への執着が凄まじいからだとか、さまざまな噂は耳にするものの、ほんとうのところはわからない。

いずれにしろ、刺客が襲うにはまたとない好機であった。

如心尼から密命が下されていれば、けっしてこの機を逃すまい。

「里はいる」

きっと何処かに隠れていると、蔵人介はおもった。

そして、伝右衛門も潜んでいる。息を殺して様子を眺め、里が動けばかならず、助っ人にはいるはずだ。

そのとき、自分はどうするのか、蔵人介は決めていない。

密命が下されておらぬのに、鬼役が動くわけにはいかなかった。

はたして、助っ人にはいるべきか否か、わずかな迷いが仇《あだ》になるかもしれぬという予感もある。

蔵人介は石灯籠の陰に隠れ、周囲の気配を探りつづけた。

やがて、拝殿の観音扉が開かれた。

使番に導かれ、恰幅の良い下げ髪の女中があらわれる。

高倉局であろう。

地白の合着《あいぎ》に地黒の打掛《うちかけ》を纏い、拝殿の階《きざはし》から空を眺めている。

雪でも降るのではないかと、案じているようだ。

階の下には三つ金物に象られた紅網代が用意され、陸尺たちは脇戸を開いて待ちかまえている。

紅葉髷《もみじわげ》の使番が、そっと足許を促した。

高倉局が打掛の裾を払い、一段目に白足袋の爪先を降ろす。

そのときであった。

拝殿の脇から、黒い影が飛びだしてきた。

「里か」

おもわず、蔵人介は呻《うめ》く。

「くせものっ」

使番の叫びに応じ、伊賀者たちが立ちふさがった。

里は地を蹴り、ひらりと紅網代の屋根に舞いおりる。

さらに、屋根を蹴りつけ、中空から高倉局に迫った。

「お覚悟」

右手には短刀を握っている。

掛け声もろとも、突きかかった。

「ひゃっ」

高倉局は尻餅をつく。

後ろから、何者かが飛びだしてきた。

――きいん。

里は短刀を弾かれた。

弾いた相手は、腫面を付けている。

「ほいっ」

不意をつかれた里は、二刀目で肩口を斬られた。

ぱっと、鮮血が散る。

高倉局は使番に守られ、拝殿のなかへ逃げていった。

里は地べたに転び、容易に立ちあがることもできない。

「鼠め」

腫面が忍び刀を掲げ、斬りつけようとする。

と、そこへ、別の黒い影があらわれた。

徒手空拳《としゅくうけん》で迫るのは、伝右衛門にほかならない。

「やっ」

腫面は振りむきざま、水平斬りを繰りだした。

――ぶん。

一刀が空を切る。

伝右衛門は白刃をかいくぐり、地に伏せた里を抱きあげた。

そして、素早くその場を離れていく。

「逃すか」

腫面は忍び刀を捨て、手にした弓を引きしぼる。
番《つが》えたのは大黒火矢、鏃の脇に火花が散っていた。
このとき、蔵人介は別の方角から肉薄している。
「待て」
声を張ったが、間に合わない。
――びゅん。
弦音《つるおと》とともに、大黒火矢が曇天に弧を描いた。
逃げる伝右衛門は、小脇に里を抱えている。
矢が放たれたことに気づいていない。
「上だ」
蔵人介の声に反応し、わずかに右へ身を逸らす。
つぎの瞬間、伝右衛門の左腕に火矢が突きたった。
咄嗟に里を抛り、みずからは左手の植込みに飛びこむ。
――どん。
炸裂音が響いた。
蔵人介は刀を抜き、追走する伊賀者たちのまえに立ちはだかる。

「ぬりゃ……っ」
修羅と化し、瞬時にふたりを斬った。
目の端には、空の紅網代が駆けだしたのを捉えている。
高倉局は拝殿の裏手から、逃げおおせるにちがいない。
腫面も後退りし、配下の連中ともども遠ざかってしまう。
蔵人介に追う気はなかった。
刀を鞘に納め、振りむいて駆けだす。
すでに、野次馬たちが集まっていた。
里は泣きながら、植込みのそばに正座している。
膝のうえには、伝右衛門の左腕を抱えていた。
「退け、退いてくれ」
蔵人介は野次馬を掻き分け、伝右衛門のもとに身を寄せる。
左腕を肩から失っても、まだ死んではいなかった。
「戸板を。誰か戸板を持ってこい」
里がはっと我に返り、這うように近づいてくる。
蔵人介は冷静に脈を取り、止血の措置をおこなった。

血を流しすぎているので、九分九厘《ぶりん》は死んでしまうにちがいない。

されども、たった一厘の望みでも、捨てるわけにはいかなかった。

「……どうか、どうか、伝右衛門さまをお助けください」

みずからも傷を負った里が、必死の形相で袖口にしがみついてくる。

ぱしっと、蔵人介は伝右衛門の頰を張った。

「起きろ。こんなところで死んでどうする」

どれだけ呼びかけても、目を開けてはくれない。

「戻ってこい、伝右衛門よ」

もはや、あらゆる神仏の御加護に縋《すが》るしかなかった。

八

里の金瘡《きず》は深く、矢背家へ運びこまれてからは褥で昏々《こんこん》と眠りつづけている。

伝右衛門も同時に運びこまれ、あらゆる治療を施したが、今でも息をしているのが不思議な容態だった。

串部と吾助を走らせ、土田家と如心尼には事の経緯を報せた。

土田家からは継嗣の伝蔵が血相を変えてあらわれ、今は枕元で伝右衛門の右手を握っている。

ふたりの素姓を告げずとも、志乃と幸恵にはわかっているようだった。

かけがえのない仲間なのであろうと、志乃は目顔で尋ねただけで、詳しい素姓も拠所《よんどころ》ない事情も質そうとはしない。黙然と仏間に陣取り、ふたりの快復をひたすら祈ってくれた。

雪はしんしんと降りつづいている。

屋敷が不穏な気配に包まれたのは、真夜中過ぎのことだった。

蔵人介も志乃も、ほかの者たちも急いで灯りを吹き消した。

突如、弦音が重なり、禍々しい鏑矢《かぶらや》の音が聞こえてきた。

――ひゅるる、ざっ、ざっ。

屋根や壁に、大黒火矢が突き刺さる。

時折、炸裂音も響いたが、雪に覆われた家屋が炎に巻かれる恐れはなかった。

もちろん、相手の正体はわかっている。

伊賀者たちが反撃に転じたのであろう。

「何のつもりじゃ」

居間にやってきた志乃は白鉢巻きを締め、家宝の「鬼斬り国綱《くにつな》」を小脇にたばさんでいる。

幸恵も重籐《しげどう》の弓を取り、女中頭のおせきと屋根裏部屋へ上っていった。

串部は下男の吾助をともない、表口から外の様子を窺う。

吾助もおせきも、ただの使用人ではない。志乃の身を守るべく、八瀬庄から従《つ》いてきた。体術に優れ、暗器《あんき》の使い方にも習熟しており、並みの忍びでは相手にならない。

蔵人介もやおら立ちあがり、鳴狐を帯に差した。

憤然と発する伝蔵を制し、伝右衛門と里を守るように言いつける。

「それがしも」

廊下を渡って玄関へおもむき、串部に無言でうなずいた。

串部は吾助をともない、表口から果敢に飛びだしていく。

――びゅん、びゅん。

飛来する矢を避け、冠木門の手前まで走った。

屋敷の周囲は薄暗く、雪明かりも届かない。

暗闇の一隅に、ぱっと炎が閃いた。

忍びが大黒火矢を放ったのだ。

間髪を容れず、屋根裏部屋に弦音が響いた。

――びん。

幸恵が炎をめがけ、矢を放ったのである。

「ぎゃっ」

忍びの悲鳴が聞こえた。

はっとばかりに、串部と吾助が躍りだす。

ふたりは左右に分かれ、暗がりに潜む敵に襲いかかった。

「ぬえっ、ぐはっ」

断末魔《だんまつま》の叫びが錯綜《さくそう》し、雪道が血で染まる。

両刃に研いだ同田貫の斬れ味は凄まじい。

串部の向かったさきには、忍びの臑がいくつも転がった。

一方、吾助は素手で相手に迫り、拳で顔面を陥没させたかとおもえば、後ろから首を抱えて捻る。

それでも、抜刀した一群が冠木門へ迫ってくる。動きが素早すぎて、忍びたちも混乱せざるを得なかった。

脅しではなく、始末せよと、命じられているのだろう。

蔵人介は鳴狐を抜き、一挙に三人を斬った。

逃した四人目が、奥へと駆けこんでいく。

表口には、志乃が仁王立ちしていた。

「ぬえいっ」

気合一声、国綱の強靭《きょうじん》な刃が相手を一刀両断にする。

蔵人介の盾を擦り抜けた忍びは何人かあったが、ことごとく、志乃の振るう薙刀の餌食《えじき》にされていった。

大屋根を見上げれば、おせきが重籐の弓を引いている。

――びん、びん。

屋根裏部屋で構える幸恵ともども、矢継ぎ早に放たれた矢は精緻な軌道を描き、忍びのさらなる攻撃を阻んでみせた。

熾烈な攻防は、四半刻ほどで終息した。

敵のなかに腫面の男はおらず、生き残った連中は慌ただしく屍骸を回収し、潮が引くように離れていった。

終わってみれば、あっという間の出来事である。

雪上には、真紅の血痕だけが残された。

白い息を吐きながら屋敷に戻ると、寝所で伝蔵が叫んでいる。

「養父上《ちちうえ》が目を覚ましました」

みなで駆けつけてみれば、仰臥《ぎようが》する伝右衛門が目を開けていた。

一厘の望みに賭けていただけに、蔵人介は喜びを隠しきれない。

「伝右衛門、よくぞ戻ってきた」

顔を近づけると、伝右衛門がみつめ返す。

「……い、妹がおりました」

「ん、どうした」

「……あ、逢えたのでござります」

「何だと」

「……か、数々のご温情……か、かたじけのうござりました」

それが最期のことばになった。

伝右衛門は微笑み、そのまま逝ったのである。

彼岸で妹と再会できたことが嬉しかったのだろう。

「……う、うう」

後ろに座る串部が、身を震わせながら泣いている。

伝右衛門とは悪口を言いあう仲であったが、気持ちの奥深いところでは通じあっていたにちがいない。

褥に横たわった里も目を覚まし、滂沱《ぼうだ》と涙を流している。

命懸けで守ってくれた伝右衛門を、父か兄のように慕っていたのだ。

「伝右衛門よ、おぬしは立派に戦った。長いあいだ、ご苦労であったな。安堵いたせ、橘さまもきっと褒めてくれるはずだ」

蔵人介のことばがいっそう、みなの涙を誘う。

誰ひとり眠らずに夜が明け、東涯《とうがい》から朝の光が射しこんだ。

屋敷の周囲が騒がしいので、みなで外へ出向いてみる。

後ろをみれば、屋根や壁が無数の矢に覆われていた。

門前の雪は溶けかけ、端っこに捨て札が立っている。

伊賀者が負け惜しみで立てたのだろうか。

「幕府に仇なす奸賊なり」

隣に住む小役人が、声を大にして読みあげた。

野次馬たちが、近所からぞろぞろ集まってくる。

見知った顔の連中も、好奇の眸子で眺めてきた。

「各々方、見世物ではござりませぬぞ」

志乃は毅然と言いはなち、えいとばかりに捨て札を引き抜くや、膝のうえでまっぷたつにしてみせる。

「おお」

野次馬どもは驚き、黙りこんでしまった。

志乃の気性を知っているので、敢えて詮索する者もいない。

「蔵人介どの、早々に始末をつけなされ」

言われなくともわかっている。つぎは自分が命を懸ける番だ。されど、闇雲《やみくも》に突きすすんでも敵の術中に嵌まるだけのこと、確実に的を仕留めるにはきちんと手順を踏まねばなるまい。

伝右衛門が死んでも恐ろしいほど冷静でいられる自分が、蔵人介は不思議でたまらなかった。

九

夕刻、蔵人介は桜田御用屋敷を訪ねた。

御門で出迎えたのは、隻腕の小籔半兵衛である。

「矢背さま、里がお世話になっております。あの……」

「伝右衛門は死んだ」

「……さ、さようにござりましたか」

半兵衛は御門の内へ差し招き、いつもどおり、屋敷の脇道から裏手の庭へ向かう。

瓢箪池に架かる朱色の太鼓橋を渡りかけ、ふと立ち止まると、振り向いた。

「それがしが腕を失ったとき、伝右衛門どのに三日三晩看病をしていただきました」

「まことか。はじめて聞くはなしだな」

「黙っていてほしいと仰ったものですから」

「ふん、伝右衛門らしいな」

「非情になりきらねば、為せぬ御役目にござります。されど、伝右衛門どのは誰よりも情に厚いお方でした。それがしは心の底から口惜しいのでござります。命を助けていただいた矢背さまにだけは、そのことをお伝えせねばと」

「さようであったか」

伝右衛門本人もさぞかし、口惜しいことであろう。

「仇を討たれるのでござりますな。闇猿の首領は、やはり、御広敷用人にござりましょうか」

「まちがいあるまい」

腫面を着けてはいるが、声質や背格好からして、御広敷用人の富樫無間斎であることは明白だ。

「名古屋《なごや》城におるとき、闇猿の噂を耳にしたことがござりました。尾張柳生《やぎゅう》きっての遣い手が破門《はもん》され、野に放たれたのちに闇猿なる夜盗の首領と化したと。それが富樫無間斎かどうかの確証はござりませぬが」

半兵衛のはなしを信じれば、富樫はただの忍びではなく、柳生新陰《しんかげ》流の本流をも極めていることになる。

「しかも、闇猿の源流をたどれば伊賀ではなく、甲賀《こうが》の傍流とされる外聞《とぎき》に行きつきまする」

「外聞とな」

「もとは安芸国を支配した福島正則《ふくしままさのり》の乱破《らっぱ》にござります。正則が仕えた秀吉公は西国九州《きゅうしゅう》へ遠征の際、宮島の厳島神社に参拝し、千畳敷きの大経堂《だいきょうどう》を造営なされました。落成の折、本能寺《ほんのうじ》で討たれた織田信長《おだのぶなが》公の二の舞いにならぬようにと踊らせたのが、腫面と咲面の滑稽な掛けあいが見所の『二の舞い』であったとか」

「なるほど、秀吉公の御前で踊ったのが、外聞どもだったと申すか」

「さような言い伝えもございます。それゆえ、外聞を源流とする闇猿は、徳川家への忠心など欠片も持ちあわせておりませぬ。利でしか動かぬ忍びそのものにございます」

「さようか」

「それともうひとつ。闇猿は死んだとみせかけて毒針を吹くと、内々の噂で聞いたことがございます」

「毒針か」

「お気をつけなされませ。まんがいちのときは、不肖《ふしよう》小籔半兵衛が骨を拾わせていただきまする」

血走った眸子で睨まれ、蔵人介は不敵に微笑む。

「そのときは頼む」

と言い残し、太鼓橋を渡りきった。

振りむけば、半兵衛のすがたはない。

ふたたび歩きだし、竹垣に囲まれた『如心庵』の敷居をまたいだ。

いつもと異なり、見慣れない若い女中が上がり端に平伏している。

案内されたのは書院造りの八畳間でなく、さらに奥の寝所だった。

如心尼はからだでもこわしたのか、褥のうえで半身を起こしている。

「よう来てくれたな」

「はっ」

蔵人介は戸口で平伏し、唇《くち》もとを結んだ。

「面《おもて》をあげてたも。里の容態はどうじゃ」

「快復に向かっております」

「されど、公人朝夕人は死んだか」

「はい」

「里の身代わりになってくれたのじゃな」

如心尼は重い溜息を吐き、げそげそと嫌な咳をする。

「……ふっ、医者が申した。どうやら、労咳《ろうがい》らしい」

「何と」

「案ずるな、すぐに死ぬと決まったわけではない。それより、公人朝夕人の死はわらわのせいじゃ。高倉局を成敗いたさねばならぬのに、わらわが密命を躊躇《ためら》ったゆえ、里は闇雲に奔《はし》ってしもうた。高倉局のことは、よう存じておる」

妹のように可愛がっていた時期もあったという。

「むかしは情け深いおなごであったに、何が人をああも変えるのか。一位様に目を掛けられて出世の階段を昇りはじめるや、情け容赦のないおなごになった。邪魔者とみなせば、命すらも奪ってしまう。さようなおなごになったことが、わらわは今でも信じられぬ。できれば、改心してほしい。むかしのすがたに戻ってほしい。叶わぬ願いを抱いたがゆえに、密命を下すことができなんだ。そのせいで、たいせつな忠臣を失ってしもうた」

「如心尼さまのせいではありませぬ」

蔵人介は我慢できず、声を絞りだした。

如心尼は悲しげに笑い、涙目を向けてくる。

「いいや、橘右近さまに合わせる顔がない。あらためて、おぬしに密命を与えねばならぬ。土田伝右衛門の弔いの意味も込めて、高倉局を成敗してほしいのじゃ。矢背蔵人介よ、おそらくは、これがわらわの下す最後の密命となろう」

「如心尼さま」

「拙《つたな》い上役ですまなんだのう。すでに、上様の御墨付きもご返上つかまつった。

この役目が終われば、おぬしが桜田御用屋敷へ参る用事もなくなろう。まことのことを申せば、ちと淋しい。身分が許せば、おぬしとは茶でも飲みかわしながら、四方山《よもやま》話でもしたかった。志乃さまにもお目に掛かりたかったな。人としてどう生きるべきかを、ご教示たまわりたかった」

「はっ」

「さればな。おぬしにはなすことは、もうない」

如心尼は目を瞑った。

蔵人介は深々とお辞儀をし、その場を去るしかなかった。

廊下を吹きぬける隙間風は冷たく、玄関までが異様に長く感じられた。

もう二度と、会うことはできぬ。

今生《こんじょう》の別れのような気がして、振り向きたくなった。

御前に舞いもどり、できることなら手を握ってやりたい。

叶わぬ望みとわかっていながら、何度も足を止めそうになった。

わしは鬼役なのだ。果たさねばならぬ密命を帯びている。

密命を帯びた鬼ならば、あらゆる情けを消さねばならぬ。

渇いた心で挑まぬかぎり、役目を果たすことはできまい。

庵を抜けだして朱の太鼓橋を渡り、御門から外へ出る。

あたりは薄暗く、吹きすさぶ凩《こがらし》が人の慟哭《どうこく》に聞こえた。

蔵人介は一歩目で立ち止まり、壮麗な唐門《からもん》を振りあおぐ。

深々と一礼すると、皀角坂《さいかち》のほうへ足早に遠ざかっていった。

十

七日は前将軍家斉公の月命日。高倉局は一位様の名代として上野《うえの》の寛永寺《かんえいじ》へ参拝に訪れた。

廟所《びょうしょ》は根本中堂《こんぽんちゅうどう》から円頓院《えんとんいん》本坊を抜け、唐門を潜ったさきを右手に曲がった一之御霊屋《みたまや》のなかにある。つつがなく参拝を終えた高倉局は唐門から本坊へ戻り、不動堂や御仏間とも通じる中奥の御座之間でしばし休んだ。

御代参は十万石の大名並みに供揃いも多い。ざっと眺めただけでも、五十人は優に超えていよう。ただ、多いだけに隙もある。

蔵人介は供侍の列に紛れ、高倉局の乗りこむ紅網代に随行していた。

だが、今はほかの連中ともども表御門前で待機するように命じられており、紅網代のそばへは行けない。

明け方から降りつづく雪で、堂宇《どうう》の屋根も参道も白一色に塗りかわっている。供侍たちの吐く息は白く、誰ひとりとして刀の柄袋を外している者はいなかった。

御座之間のほうから出立の合図が送られてくると、陸尺たちが空の駕籠を式台《しきだい》の手前へ運んでいく。駕籠は紅網代のほかにもう一挺、格の落ちる鋲《びょう》打ちが用意されてあった。

どうしたわけか、御高祖《おこそ》頭巾で顔を隠した高倉局が、大勢の女中たちをしたがえて式台までやってくる。御上使のときの合着は白だったが、今日は縫入りの黒い打掛に鬱金《うこん》の合着を纏っていた。

さきほどまでは見受けられなかったのに、御高祖頭巾で顔を隠した女中がもうひとりおり、そちらは地黒の打掛に群青《ぐんじょう》の合着を纏っている。おそらく、高倉局に仕える身分の高い局であろう。

前後に並んだ打掛のふたりは、裏萌葱《うらもえぎ》の黒木綿を纏った紅葉髷の多聞たちに囲まれ、楚々《そそ》とした仕種で二挺の駕籠へ近づいていく。

表御門から遠目に眺めても、どちらが本物の高倉局か見分けがつかなかった。

常識で考えれば、先頭の紅網代に乗りこむほうであろう。ただし、そこは疑って掛からねばならない。あらかじめ刺客の奇襲を想定しているのであれば、紅網代に身代わりを乗せ、本物は鋲打ちに乗ることも充分にあり得るからだ。

「お局さまをお守りせよ」

ようやく、供侍たちに声が掛かった。

二挺の駕籠が間隔を空けて近づいてくると、厳つい番士たちは当然のごとく先頭の紅網代を守るように命じられた。

後ろの鋲打ちには、五人の供人しかいない。

精鋭とおぼしき御広敷の忍びたちであった。

まちがいなく、高倉局は後ろの鋲打ちに乗っている。

「やはりな」

蔵人介はつぶやき、紅網代の後方に従いて表御門の外へ出た。

刹那《せつな》、根本中堂の裏手に黒煙が立ちのぼる。

「何だ、どうした」

先導役がざわめいた。

――どん。

轟音とともに、前方で炮録玉《ほうろくだま》が炸裂する。

「うわっ」

供侍たちは腰を抜かし、紅綱代は右往左往しはじめた。

炮録玉を炸裂させたのは、串部と伝蔵にほかならない。

陽動策であった。狙いは前後の駕籠を分散させ、番士たちの関心を引きつけておくことだ。

串部は両刃の同田貫を掲げ、伝蔵も声を張りあげなら躍りこんできた。

「ぬわああ」

防に馴れぬ連中は混乱し、手が悴《かじか》んでしまったのか、刀の柄袋すら上手く外せない。

一方、後ろの鋲打ちは表御門を潜らずに手前で踏みとどまり、くるっと向きを変えるや、本坊の脇道へ逃れていった。

「罠に嵌まったな」

蔵人介は混乱からひとり抜けだし、鋲打ちの駕籠尻を追いかけた。

おもっていたとおり、高倉局を乗せたとおぼしき鋲打ちは東の御成《おなり》門を抜け、矢《や》来《らい》門のほうへ向かう。

門を潜ったさきは信濃《しなの》坂、坂までは左右に高い壁の切りたつ一本道がつづく。

信濃坂の手前さえふさいでしまえば、袋小路へ潜りこんだも同然となるだろう。
鋲打ちの一団は矢来門を潜り、まっすぐに信濃坂をめざした。
蔵人介も矢来門を潜り、裾をからげて駕籠尻を追いかける。
そのときだった。
――どん。
今度は鋲打ちの行く手に火柱があがる。
仕掛けを講じたのは、卯三郎であった。
鋲打ちは前に進めず、袋小路のまんなかで立ち往生する。
「戻せ、戻せ」
陸尺たちは声を掛けあい、鋲打ちの鼻をこちらに向けた。
「ん、くせもの」
異変に勘づいた忍びたちが、駕籠の前面に躍りだしてくる。
蔵人介は雪を踏みしめ、大胆に近づいていった。
「こやつらに小細工は通用せぬ」
鳴狐の柄に手を添え、抜き際の一刀でひとり目の胴を擦りつけに斬る。
鮮血を散らしながら、返しの一刀でふたり目を袈裟懸けに斬りさげた。

「ぎゃっ」
斃《たお》れた仲間の背後から、ふたりが上下から同時に飛びかかってくる。
蔵人介は屈みこみ、脇差の鬼包丁を上方へ投擲《とうてき》した。
「はっ」
ほぼ同時に、片手持ちの鳴狐を逆袈裟に繰りだす。
上下の忍びが地に落ち、ふたりとも動かなくなった。
ひとりは腹から胸を剔《えぐ》られ、別のひとりは喉に鬼包丁が刺さっている。
蔵人介は屍骸から鬼包丁を引き抜き、五人目の忍びに対峙した。
黒頭巾で顔を隠しているが、背格好からして腫面の首領ではない。
蔵人介が低く身構えると、黒頭巾は斜め走りで迫ってきた。
途中で左方の壁を蹴りつけ、斜め上方から斬りつけてくる。
不意を突いたつもりであろうが、鬼役には通用しない。
「ふん」
鳴狐の鋭利な切っ先は、忍びの水月《みぞおち》をものの見事に貫いていた。
蔵人介は一合《ごう》も白刃を交えず、五人の忍びを葬ったのである。
ほとんど一呼吸の始末であったと言ってもよい。

蔵人介は添え樋《ひ》の血を振り、鳴狐を黒鞘に納めた。

ゆっくりと歩を進め、置き去りにされた鋲打ちに近づく。

がたがたと、脇戸が音を起てていた。

駕籠の内から、下げ髪の女中が抜けだしてくる。

紛れもなく、高倉局であった。

打掛の襟は乱れ、面相は般若《はんにゃ》のごとく引きつっている。

「寄るでない。わらわを誰と心得る」

蔵人介は抑揚《よくよう》のない声で応じた。

「高倉局さま、お覚悟はできておられましょうな」

「待て。わらわは知らぬ。何もかも、法印の了意がやったことじゃ」

「御指図はなかったと仰せか」

「そうじゃ。誰かに毒を盛ったとしても、了意が勝手にやったことじゃ」

「勝手に」

「おぬし、忖度《そんたく》ということばを知らぬのか」

蔵人介は、ぎろりと目を剝いた。

「忖度されたほうが迷惑だと仰るのか」

「了意のごとき藪医者のせいで、命を落としとうはない」

それほどまでして、生きたいのか。

目顔で問うと、高倉局は眦《まなじり》を吊りあげた。

「生きたい、石に齧りついてでもな……どうじゃ、わらわの下につかぬか。報酬は意のままぞ。くふふ、世の中はな、何と言われようとも、生き残った者勝ちじゃ」

「如心尼さまが仰せであった。うぬには改心してほしかったとな」

蔵人介のことばに、高倉局は動揺する。

「何と、如心尼さまが……おぬしを差しむけたは、如心尼さまだと申すのか」

「さよう。あの世で改心するがよい」

蔵人介は腰を落とし、抜き際の一刀を薙《な》ぎあげた。

「きょっ」

短い悲鳴とともに、下げ髪の首が曇天に舞いあがる。

田宮流の奥義、飛ばし首であった。

鋲打ちの屋根に、ざっと鮮血が降りかかる。

雪上に転がる死に首の向こうに、突如、殺気が膨らんだ。

十一

のんびりと近づいてきたのは、腫面の男にほかならない。

何と、下げ髪の首を鞠《まり》のように蹴り、高笑いしてみせる。

「ふはは、鬼役め、これで密命を果たしたつもりか」

「何故、飼い主をないがしろにいたす」

怒りをふくんだ声で問うても、相手は面の下で笑いを止めない。

「くふふ、面倒臭い局に仕えるのも飽いた。報酬はたんまり貰うたし、このあたりが潮時とおもうたまで。礼を言わねばなるまい。手を下す手間が省けたゆえな」

ふたりはたがいに歩を進め、十間ほどまで近づいた。

「おぬし、御広敷用人の富樫無間斎だな」

「それがどうした。利で動く忍びにとって、身分も名も瑣末《さまつ》なこと」

「人の命もか」

「ああ、羽毛のごとく軽きものじゃ」

もはや、問答は無用であった。

蔵人介は刀を抜かず、すっと身構える。

「鬼役の抜刀術が、通用するとおもうなよ」

もちろん、相手の実力はわかっている。

尾張柳生の本流を修めた者である以上、わずかでも気を抜けば命を落とすにちがいない。

立ち間は五間、そこからさきへ踏みこめば、地獄が口を開けて待っている。

「相手は陽、おのれは陰」

陰はおのずと陽の内に潜むなり。

新陰流の剣理を胸に唱え、相手の呼吸をはかる。

「まいろう」

富樫は余裕の笑みを浮かべ、つつっと滑るように迫ってきた。

下腹を沈めて腰を真上に吊り、膝を少し曲げながら頭の位置を一定に保つ。

浮足《うきあし》と呼ばれる新陰流独特の歩みだ。

「しゃっ」

奇声を発して直刀を抜き、脇構《わきがま》えから斜め斬りに斬りつけてくる。

奥義、猿廻《えんかい》にちがいない。

すかさず、蔵人介も抜いた。
――きいん。
一刀を熾烈に弾くや、全身に痺《しび》れが奔る。
富樫はすかさず、横雷刀《よこらいとう》からくねり打ちを仕掛けてきた。
――きいん。
蔵人介はこれも弾く。
富樫は飛び退き、刀を胸のまえで真横に構えた。
「へやっ」
休む暇を与えず、一歩長で斬りこんでくる。
――がつっ。
上段の一撃を十字に受けるや、刀に全体重を掛けてきた。
「ぬう」
巌《いわお》のごとき重みとともに、鋭い刃が鼻にくっつきかける。
右足で前蹴りを繰りだすと、富樫はふわりと宙に飛んだ。
片方の臑を狙って、水平斬りを繰りだす。
――ぶん。

刀は空を切った。

富樫は宙返りし、五間向こうに舞いおりる。

全身の毛穴から、どっと汗が吹きだしてきた。

手足がぶるぶる震え、抑えきれなくなってしまう。

武者震いであった。

対峙しているのは忍びではない。

蔵人介は紛うかたなき剣客を相手にしているのだ。

魂の奥のほうから迫《せ》りあがってきたのは、勝ちたいと願う武芸者本然の渇望であろうか。

しかし、勝ちたい気持ちから離れねば、勝ちを得ることはできない。

生死を分かつ鍵を握るのは、あらゆる雑念を捨て去る勇心《ゆうしん》にあった。

「つおっ」

ふたたび、大上段から斬り落としがくる。

蔵人介は咄嗟に片足を折敷《おりし》き、刀の切っ先を相手の喉につけた。

中条流《ちゅうじょう》の絶妙剣《ぜつみょうけん》に似た技だ。

喉を突くとみせかけて、逆袈裟で胸を裂きにかかる。

さらに、無意識の一刀は独妙剣《どくみようけん》と称される水平斬り、拍子《ひようし》のわずかなずれが崩しを生んだ。

「ぬくっ」

富樫はどうにか躱《かわ》したものの、一度崩れた体勢を取りもどすのは容易でない。

それでも、物打《ものうち》を左右に揺らしながら、小手狙いで小調子に打ちこんでくる。

蔵人介は機を逃さない。

左拳を落としにかかった富樫の一刀を外し、横雷刀の構えから双手《もろて》を狙った山陰《やまかげ》斬りを繰りだした。

「やっ」

紛れもなく、柳生新陰流の奥義である。

蔵人介は他流派の技にも習熟していた。

仕上げは気攻めだ。小手先の技ではない。

剣の要諦《ようてい》は技巧を排した剛直な太刀筋にあり。

蔵人介は大上段に構え、すべての重みを刀の一点に乗せた。

——ばすっ。

外すときは枯葉のごとく、振りおろすときは巨岩のごとし。

刀を青眼に構えたまま、富樫の動きが止まった。

つぎの瞬間、左右の腕がぼそっと雪上に落ちる。

勝った。

この期《ご》に及んでも、何故、腫面を外さぬのか。

――闇猿は死んだとみせかけて毒針を吹く。

ふと、半兵衛に言われたことを思い出す。

「はうっ」

両腕を失いながらも、富樫が頭から突っこんできた。

「おちょっ」

反動をつけぬ刺し面を見舞い、腫面を瞬時に両断する。

ぱかっと割れた面の裏には、富樫無間斎の顔があった。

額に「カンマン・ホロホン」と読める梵字《ぼんじ》が書かれている。

「天下鳴弦雲上帰命頂来、天下鳴弦雲上帰命頂来……」

不動明王《ふどうみょうおう》の咒《じゅ》を耳にするや、身動きひとつできなくなった。

「くふふ、金縛りの術じゃ」

富樫は首を差しだし、頰をぷっと膨らませる。

——ひゅっ。
窄《すぼ》めた口先から、細い針が飛びだしてきた。
毒針にちがいない。
避ける術もなかった。
と、おもいきや、蔵人介は手甲《てっこう》で顔を隠している。
富樫の吹いた毒針は、細板を仕込んだ手甲に刺さっていた。
「残念だったな。わしにまやかしは通用せぬ」
鳴狐の長い柄《つか》の目釘《めくぎ》が外れ、八寸の仕込み刃が飛びだす。
——ずんっ。
鋭利な先端が、眉間に突き立った。
「はがっ」
眸子を剝いたまま、富樫無間斎はこときれる。
曇天がぱっと割れ、一条の光が射しこんできた。
「矢背さま」
か細い呼び声に顔をあげれば、信濃坂のほうから里が近づいてくる。
卯三郎にともなわれ、足を引きずりながらも、どうにか歩いてきた。

そして、蒼白《そうはく》な顔でことばを絞りだす。

「御屋形様が……如心尼さまが身罷《みまか》りました」

「何っ」

今朝になって、容態が急変したのだという。

「首尾《しゅび》を見届けることができず、さぞかしお心残りだったことでしょう」

「いや、如心尼さまはわかっておられる」

遺言となった密命が成し遂げられたことを、今もきっと、そばからみてくれているはずだ。

項垂れる里の肩に手を伸ばし、蔵人介はぎゅっと抱きしめた。

「おぬしの御役目は終わった。わしからも礼を言わせてもらう。長いあいだ、ご苦労であったな」

泣きじゃくる里のすがたは、年端もいかぬ女童《めわらべ》といっしょだった。

間者という過酷な役目から解きはなたれ、これからは自分の好きなように生きてほしいと、蔵人介は心の底から願わずにはいられなかった。

十二

師走十三日は煤《すす》払い、武家でも町家《まちや》でも笹竹を持ちより、一年の煤を払って新たな年を迎える支度をする。

千代田城の中奥でも、小姓や小納戸方が襷掛けで廊下を行き交い、上下の別なく煤払いに勤しむすがたも見受けられ、中奥全体がちょっとした祭りに近い昂揚《こうよう》に包まれていた。

昂揚と言えば、昨日、駒場野《こまばの》で鶉《うずら》狩りが挙行された。

公方家慶が颯爽《さっそう》と馬に乗り、狩装束《かりしょうぞく》の家来たちを引きつれ、雪に覆われた広野へ向かったのだ。駒場野は渋谷《しぶや》村の道玄坂《どうげん》から坤《ひつじさる》の方角に十四、五丁ばかりのところにある。狙う獲物は鶉のほかに、雲雀《ひばり》や野雉《のきじ》や兎《うさぎ》などもあった。

雪上に灌木《かんぼく》が点々とする野面へ、老中や若年寄をはじめとした家来たちも馬を繰り、右へ左へ獲物を追いだし、これに家慶が愛鷹を合わせる。享保《きょうほう》の頃までは合戦の教練としての意味合いもあった鶉狩りも、昨今では童心に返った大人たちの遊戯にしかみえない。

それでも、かなりの成果を挙げ、家慶はすこぶる上機嫌であった。

中食《ちゆうじき》などの毒味役として卯三郎が御側に侍《はべ》ることを許され、蔵人介は影鬼として幔幕《まんまく》の端から目を光らせた。一方、尿筒持ちの役目を課されたのは、伝蔵である。すべての手配りは、老中阿部伊勢守直々の差配でおこなわれ、小姓組番頭や小納戸頭取が口を挟む余地はなかった。

身のまわりで世話をする者が替わっても、家慶の周辺に変化があるわけではない。誰の目にも日常の光景が映っていたが、蔵人介は家慶が伝蔵に向かって囁いたことばを聞きのがさなかった。

「父を鑑《かがみ》といたせ」

蔵人介以外に聞きとった者はおるまい。

幔幕の外に退がった伝蔵は、誰にも気づかれぬように泣いていた。

蔵人介はさきほど夕餉の毒味を終え、囲炉裏之間から炭置部屋へ戻ったところだ。おもいだすのは、矢背家の養子になって間もない頃、養父に御城を見物にまいるかと誘われ、半蔵門《はんぞう》まで連れていかれたときの光景だった。おそらく、養父は公方の出御を把握していたのだとおもう。凍えるような冬の朝、半蔵門からは鶉狩りへおもむく公方の一団があらわれた。

蔵人介はそのとき、公方の馬尻に従いた小者《こもの》に目を止めた。

養父はそれを目敏くとらえ、耳許で囁くように諭したのである。

「あれは公人朝夕人と申してな、敵にいたせば、あの者ほど恐ろしい相手はおらぬ」

そのときにみた公人朝夕人は、伝右衛門の先代だったにちがいない。養父は何も言わなかったが、おそらく、土田家の先代とは特別な絆《きずな》で結ばれていたのだろう。

蔵人介と伝右衛門もそうであったように、卯三郎も伝蔵と数々の修羅場を潜っていくことになる。どちらがさきに死ぬかもしれぬ過酷な役目だが、選ばれた者の矜持をもって堂々と立ちむかってほしいと願わずにはいられない。

耳を澄ませば、御膳所のほうから威勢のよい掛け声が聞こえてくる。

「わっしょい、わっしょい」

いつも威張っている上役が捕まり、配下たちの手で胴上げがはじまったのだ。

煤払いのあとの胴上げは無礼講ゆえ、多少は無体《むたい》な仕打ちをしても許される。

例年、胴上げには小姓や小納戸の連中もくわわり、身分の高い上役たちがつぎつぎと担がれて宙に舞った。

もちろん、蔵人介も輪にくわわることはできる。

神部丈八と有川保が亡くなった一件以降、小姓たちから白い目でみられることもなくなった。

たまには、やってみるか。

鶉狩りの昂揚が残っているのか、柄にもなくその気になる。

腰を持ちあげようとしたところへ、何者かが忍び足で近づいてきた。

「それがしにござります」

音も無く襖を開け、公人朝夕人の伝蔵がはいってくる。

手にした真紅の寒椿が、まっさきに目に飛びこんだ。

「里から渡されました。瓢簞池の汀《みぎわ》に、ひと叢《むら》だけ咲いておったとか」

そのうちの一輪を摘み、花入れとともに差入れてくれようとしたらしい。

「殺風景な部屋であろうからと」

「さような気遣いをしてくれたのか」

嬉しかった。里が少しでも元気を取り戻してくれたことが、何よりも嬉しい。

伝蔵は部屋の片隅に花入れを置き、襟を正して座りなおす。

もちろん、寒椿を携えてくるのが、わざわざ訪ねてきた理由ではあるまい。

「伊勢守さまより、御命にござります」

伝蔵は顔を強《こわ》ばらせた。
血も繋がっておらぬというのに、鋭い眼差しは伝右衛門とそっくりだ。
おぬしが向かうさきは、ここではない。笹之間ぞ。
影鬼になったこの身に、いったい、何をやらせようというのか。
叱りつけたい気持ちをぐっと抑え、蔵人介は黙然とうなずいた。
――今しばらく、面倒をみてやってくだされ。
ふと、伝右衛門の声が聞こえたように感じたからだ。
真紅の寒椿をみつめながら、蔵人介は密命の内容に耳をかたむけた。
どう考えても、無理筋としか言えぬような内容である。
それでも、やらねばならぬ。
拒むことができぬのが、鬼役という役目なのだ。
やがて、伝蔵は去った。
御膳所の騒ぎも収まり、中奥は水を打ったような静寂に包まれた。

光文社文庫

文庫書下ろし／長編時代小説

継《けい》　承《しょう》　鬼役《おにやく》 三十二

著　者　坂《さか》　岡《おか》　真《しん》

2022年4月20日　初版1刷発行

発行者　鈴　木　広　和
印　刷　新　藤　慶　昌　堂
製　本　ナショナル製本

発行所　株式会社　光　文　社
〒112-8011　東京都文京区音羽1-16-6
電話（03）5395-8149　編　集　部
8116　書籍販売部
8125　業　務　部

ISBN978-4-334-79352-4　Printed in Japan

組版　萩原印刷

鬼役メモ

画・坂岡 真

キリトリ線

※ページ内側にあるキリトリ線で切って、備忘録にお使い下さい。

キリトリ線

鬼役メモ

画・坂岡 真

※ページ内側にあるキリトリ線で切って、備忘録にお使い下さい。

鬼役メモ

画・坂岡 真

※ページ内側にあるキリトリ線で切って、備忘録にお使い下さい。

キリトリ線

キリトリ線

鬼役メモ

画・坂岡 真

※ページ内側にあるキリトリ線で切って、備忘録にお使い下さい。

鬼役メモ

画・坂岡 真

※ページ内側にあるキリトリ線で切って、備忘録にお使い下さい。

キリトリ線

キリトリ線

鬼役メモ

画・坂岡 真

※ページ内側にあるキリトリ線で切って、備忘録にお使い下さい。